Henrik Iserhart lebt und arbeitet in Wien. „Die Wut der Kriegerin" ist sein erster Roman.

Henrik Iserhart

Die Wut der Kriegerin

Kriminalroman

Bibliografische Information der Deutschen National-bibliothek: Die Deutsche Nationalbibliothek verzeichnet diese Publikation in der Deutschen Nationalbibliografie; detaillierte bibliografische Daten sind im Internet über dnb.dnb.de abrufbar.

Kontakt: henrik.iserhart@gmx.at

© 2017 Henrik Iserhart

Herstellung und Verlag: BoD – Books on Demand, Norderstedt

ISBN: 9783741285295

Für Inga

1

Sophie Arnsbach war von einem Streifenwagen abgeholt worden, um möglichst rasch von der Innenstadt nach Hernals zu gelangen. In der Straßenbahnlinie 43 waren offenbar drei Männer erschossen worden. Arnsbach hatte die Weihnachtsfeier in der Anwaltskanzlei ihres Verlobten fluchtartig verlassen. Als frischgebackene Leiterin des Landeskriminalamtes Wien übernahm sie einen solchen Fall selbst. Zumal es sich bei den Toten um Asylwerber handeln soll, was erhöhtes mediales Interesse und politische Brisanz versprach.

Unmittelbar nach dem Jus-Studium war Sophie Arnsbach zur Polizei gegangen. Sie hatte das gegen den Rat ihres Vaters getan, der Richter war und sie gerne in seinen Fußstapfen gesehen hätte. Und sie hatte das gegen das Drängen ihres Verlobten getan, den sie schon seit dem Studium kannte und der sie für die alteingesessene Anwaltskanzlei seiner Familie gewinnen wollte. Arnsbach aber war stur und wollte ihren eigenen Weg gehen.

Bei der Polizei hatte sie eine steile Karriere hingelegt. Mit erst 37 Jahren war sie zur Leiterin des LKA ernannt worden. Natürlich, es hatte eine Rolle gespielt, dass ihr Vorgänger Franz Plöchl nach drei Herzinfarkten frühzeitig pensioniert worden war. Und ihr war auch klar, dass mit der Ernennung einer Frau für einen solchen Posten die

Verantwortlichen eine politische Botschaft aussenden wollten, zeigen wollten, wie fortschrittlich die Polizei ist. Aber sie war auch gut, sehr gut, effektiv, flexibel, innovativ, klug. Sie wusste das und alle im Polizeiapparat wussten das. Als vorherige Leiterin der LKA-Außenstelle in der Wattgasse, die für die westlichen Bezirke zuständig ist, hatte Arnsbach die höchste Aufklärungsquote erreicht.

Manche männliche Kollegen waren vielleicht nicht begeistert gewesen von der Ernennung einer Frau, aber keiner konnte ihre Qualifikation in Frage stellen. Und keiner wagte es, ihr komisch zu kommen, denn Sophie Arnsbach hatte eine souveräne Ausstrahlung. Die hatte sie bereits in die Wiege gelegt bekommen. Ihre Familie war seit jeher wohlhabend und die Sprösslinge dementsprechend selbstbewusst. Und Arnsbach wusste auch, dass sie von ihren männlichen Kollegen als sehr attraktiv und schick betrachtet wurde. Auch wenn sie unerreichbar war, standen doch etliche insgeheim auf sie.

Einer von ihnen war Reinhard Marasek, ihre ehemalige rechte Hand und nun ihr Nachfolger als Leiter der LKA-Außenstelle Wattgasse. Er war jetzt bereits vor Ort bei der 43er-Station Rosensteingasse und hatte ihr per Telefon die wichtigsten Informationen durchgegeben: Drei Asylwerber aus Afghanistan waren tot. Erschossen im hinteren Wagon einer alten Straßenbahngarnitur. Die

Täterin eine Frau im Alter von 35 oder 40 Jahren, flüchtig. Zwei Zeuginnen, die noch vor Ort sind und die Sophie Arnsbach in Kürze genauer befragen wird.

Das Areal rund um die betroffene Straßenbahnstation war von der Polizei abgesperrt worden. Zwei Garnituren der Linie 43 standen im Stau, weitere wurden von den Wiener Linien „kurzgeführt", also bereits bei anderen Stationen gewendet. Der Autoverkehr auf der Hernalser Hauptstraße wurde umgeleitet, sodass der Streifenwagen mit Arnsbach an Bord ohne relevante Behinderung zum Tatort durchkam. Sie wurde von Marasek empfangen, der sie mit seinem gewohnt entspannten und Arnsbach gegenüber gewohnt charmanten Ton unterrichtete:

„Wie´s ausschaut, hamma es da mit einer recht exzessiven Notwehrüberschreitung zu tun. Die drei Afghanen dürften die Täterin belästigt haben, die hat dann a Pistole zogen und die drei übern Hauf´n g´schossen. Wie die Rettung kommen is, war´n alle drei scho tot. Die Täterin ist z´erst stadtauswärts g´laufen und dann in die Gschwandnergasse Richtung Ottakring. Die Sofortfahndung hat nix ergeben."

Marasek führte Arnsbach in den Wagon, in dem die Spurensicherung bereits am Werk war. In der Nähe des mittleren Einstieges lagen die Leichen von drei jungen Männern, einer war verdreht zwischen zweien der Doppelsitze auf der rechten Wagonseite eingeklemmt, einer lag mitten am Gang auf dem Rücken und der dritte auf dem Bauch, mit Kopf und einem Arm auf der obersten Stufe des Einstieges.

Die Spurensicherung hatte sich bereits ein grobes Bild gemacht und Melanie Hartl, die Leiterin des Teams, erläuterte Arnsbach und Marasek: „Soweit wir sehen, sind fünf Schüsse abgegeben worden." Der Tote zwischen den Sitzen ist aus nächster Nähe direkt ins Herz getroffen worden, der am Gang liegende hatte einen Einschuss im Gesicht und einen im Genitalbereich und der beim Ausstieg wurde einmal von hinten in die rechten Schulter und einmal im Hinterkopf getroffen. Genaueres konnte die Spurensicherung vorerst noch nicht sagen.

Arnsbach und Marasek verließen den Wagon wieder durch den Hinterausgang. Die Chefin wandte sich an Marasek: „Was wissen wir über die Opfer?"

„Alle drei stammen aus Afghanistan. Sie heißen... Moment, ich hab´s hier... Abdullah Razzaq, Atash Omar und Mohammed Sanani. Sie san im September 2015 mit der ganzen Flüchtlingswelle nach Österreich kommen. Ihre Asylanträge san im März oder April abg´lehnt worden, aber natürlich ham´s als ‚subsidär Schutzberechtigte' hierbleiben dürfen."

Den Begriff „subsidär Schutzberechtigte" hatte Marasek bereits mit einem ironischen Unterton ausgesprochen. Er setzte fort: „Zum Dank an die österreichische Bevölkerung ham zwei von den drei Herren bereits a sexuelle Belästigung am Kerbholz und dafür a a Strafe ausg´fasst, aber natürlich nur bedingt. Also von Opfern kann man bei denen ned wirklich sprechen."

Jetzt hatte Arnsbach genug. In einem keinen Widerspruch zulassenden Ton wies sie Marasek zurecht: „Hör jetzt sofort auf, Reinhard. Wir haben in Österreich nicht die Todesstrafe und schon gar nicht auf sexuelle Belästigung. Außerdem sind das ja junge Burschen. Wie alt sind die denn überhaupt?"

„Zwei san 17 und einer 18." Trotzig und mit einem leichten Lächeln fügte Marasek hinzu: „Zumindest steht des in ihren Papieren und dann wird's ja sicher stimmen."

„Und wer sind die beiden Zeuginnen?", wollte Arnsbach wissen.

„Die auskunftsfreudigere von den zwei heißt Theresa Klier. Sie is 24 Jahre alt, studiert Soziologie und war am Heimweg von der Uni. Leider hat sie die Schützin nur von hinten g´sehen. Sie is nämlich ganz hinten im Wagon g´sessen. Die andere heißt Jelica Milenkovic, 41 Jahre alt, Arbeiterin im Opel-Werk in Aspern. Sie hat heute Frühschicht g´habt und war dann am frühen Abend eine frisch operierte Freundin im AKH besuchen. Sie macht kan Hehl d´raus, dass sie Verständnis… oder eigentlich Sympathie für die Täterin hat."

„Fangen wir mit der auskunftsfreudigeren an."

2

Theresa Klier war in der Zwischenzeit von einer Polizeibeamtin mit Tee versorgt worden und hatte auf ihre Vernehmung gewartet. Sie war eine sehr dünne junge Frau, ungeschminkt, die rot gefärbten Haare zu einem Zopf zusammengebunden, langer schwarzer Mantel und auch sonst überwiegend schwarz gekleidet, dazu auffallend grüne Schuhe. Arnsbach begrüßte sie höflich und ließ ihr beim Einsteigen in den Polizeibus durch die seitliche Schiebetüre den Vortritt. Arnsbach und Marasek folgten nach. Die Aufregung war Klier anzusehen und Arnsbach fragte beruhigend:

„Frau Klier, wie geht es Ihnen? Ich möchte Sie nun als Zeugin vernehmen. Sind Sie dazu bereit?"

„Ja, es geht schon. Fragen Sie nur."

„Sie sind im hinteren Teil des Wagons gesessen. Können Sie uns bitte möglichst genau beschreiben, was Sie gesehen haben. Jedes Detail kann wichtig sein."

„Ich bin am Schottentor in die Straßenbahn eingestiegen. Sie war ziemlich leer, weil es vorher eine Verkehrsbehinderung gegeben hatte und deshalb dann drei Straßenbahnen ziemlich dicht hintereinander gefahren sind. Weil ich es nicht eilig hatte, wollte ich nicht die beiden ersten vollgestopften nehmen und bin in die dritte eingestiegen. Da waren nur vier oder fünf Leute drinnen, die meisten sind bei der Spitalgasse wieder ausgestiegen, nicht aber die Frau, die dann die drei Männer erschossen hat."

„Wo sind denn die drei Männer eingestiegen?", fragte Arnsbach.

„Das war bei der Spitalgasse. Die sind beim mittleren Einstieg rein, zwei haben sich hingesetzt und einer ist neben ihnen stehen geblieben. Sie haben sich in ihrer Sprache recht lebhaft unterhalten und dabei immer wieder zu der blonden Frau hingeschaut."

„Wo ist denn die Frau gesessen? Wie hat sie ausgesehen? Was war sie für ein Typ?"

„Typus ‚nordische Kriegerin', würde ich sagen, so ein sportlicher Typ. Also sicher über 1,70 groß, lange Beine, lange blonde Haare, breite Schultern. Blitzblauer Anorak, blaue Jeans, schwarze sportliche Schuhe. Sie ist etwas hinter dem mittleren Einstieg links auf einem Einzelsitz in Fahrtrichtung gesessen. Deshalb hab ich sie die ganze Zeit auch nur von hinten gesehen."

„Was ist dann weiter passiert? Sind noch weitere Personen eingestiegen."

„Fast keine. Nur die Frau, die den Kampf dann auch gesehen hat. Sie ist beim Gürtel eingestiegen, glaub ich. Ungefähr ab der Palffygasse sind die drei Männer dann offensiver geworden. Sie haben immer mehr zu der blonden Frau hingestarrt, sie angelacht, irgendwelche Gesten gemacht."

„Wie hat die Frau reagiert?"

„Sie hat sie zuerst ignoriert. Aber dann, ungefähr bei der Station Elterleinplatz, sind die drei zu ihr hingegangen, haben sich vor ihr aufgebaut, haben mehrmals was von ‚Ficken' geredet und obszöne Gesten gemacht. Die Frau ist sofort aufgestanden. Sie hat einen Schritt zurück gemacht und sehr laut gesagt, ‚schleicht´s euch, ihr Arschlöcher!' Die sind aber dann näher auf sie zu und haben nach ihr gegriffen. Zwei waren vorne, einer knapp dahinter... der Gang ist ja nicht so breit. Einer, der von mir aus gesehen auf der linken Seite war, hat ihr dabei in den Schritt gefasst. Daraufhin hat sie dem mit der linken Faust einen Schlag auf den Hals verpasst, ich glaub, auf den Kehlkopf. Der ist eingegangen und der andere neben ihm, der hat kurz zu seinem Freund geschaut und er wollte sich dann in Rage auf die Frau stürzen. Da hat sie aber schon mit der rechten Hand eine Pistole aus der Jackentasche geholt und auf ihn gerichtet... er hat einen Schritt zurück gemacht und dann hat sie ihm mitten in die Brust geschossen. Der ist dann nach rechts zwischen die Sitze geflogen. Der andere hat sich inzwischen wieder einigermaßen aufgerappelt gehabt, ist aber noch etwas gebeugt und unsicher auf den Beinen gestanden. Sie hat ihm aus einem Meter Entfernung ins Gesicht geschossen. Das war keine Notwehr mehr. Ich hab wirklich das Gefühl gehabt, sie wollte ihn töten. Und erst recht beim dritten, der weiter im Hintergrund war... er hat sich schon zur Flucht umgedreht und sie hat noch auf ihn geschossen. Sie hat ihn zuerst nur in die Schulter getroffen, er ist am Boden gelegen und hat sich bewegt, geflucht und geklagt. Die Frau ist dann über den, der in der Mitte gelegen ist, drübergestiegen, zum dritten hingegangen und hat ihm in den Hinterkopf geschossen. Das war so arg, wie eine Hinrichtung."

Theresa Klier war jetzt offenbar erschöpft von ihrer Erzählung. Sie hielt inne und zitterte ein bisschen. Arnsbach versuchte ihr den Druck zu nehmen: „Lassen Sie sich ruhig Zeit, Frau Klier. Wollen sie noch einen Tee?"

Klier schüttelte langsam den Kopf. „Nein nein, wir können weitermachen." Sie wollte die Vernehmung offenbar rasch hinter sich bringen.

„Gut, Frau Klier, dann frage ich weiter. Es sollen ja fünf Schüsse abgegeben worden sein, sie haben uns aber nur von vieren berichtet."

„Das war so... die Frau hat also dem dritten Mann in den Hinterkopf geschossen und der hat sich dann nimmer gerührt. Dann hat sie sich die Kapuze von ihrem Anorak aufgesetzt und tief ins Gesicht gezogen. Und dann hat sie zwei oder drei Schritte nach hinten gemacht und hat dem Mann, der in der Mitte lag, in die Genitalien geschossen. Ich glaube, sie hat sich absichtlich so bewegt, dass ich sie nicht von vorne sehen konnte. Wenige Momente später sind wir in der Station hier eingefahren, sie ist aus dem Wagon gesprungen und davongerannt."

„Stadtauswärts und dann links in die nächste Gasse, richtig?"

„Ja, genau."

„Der Mann, dem sie in die Genitalien geschossen hat, war das der, der ihr zuvor in den Schritt gegriffen hat?"

„Ja, der war das. Und so, wie die auf mich gewirkt hat, hat sie ihm genau deswegen in die Genitalien geschossen. Als Symbol sozusagen. Für den war´s schon egal, der war da sicher schon tot. Aber diese Frau ist eine verrückte Killerin."

Diese letzte Bemerkung reizte Marasek: „Frau Klier, wie diese Belästigung ang´fangen hat, mit Blicken, Worten und Gesten, ham Sie da irgendwie eingriffen? Ham sie da irgendwas g´sagt oder so?"

Klier wurde verlegen. Nach kurzen Zögern sagte sie kleinlaut, „nein, ich war wie versteinert."

Marasek konnte nicht anders als nachzusetzen: „Und a die nordische Kriegerin wird in der Situation ned grad super entspannt g´wesen sein."

Arnsbach machte dem ein Ende: „Vielen Dank, Frau Klier, für Ihre genaue Schilderung. Wir lassen Sie für heute in Ruhe. Ein Streifenwagen wird Sie nachhause bringen. Aber Sie müssen morgen Vormittag zu uns ins Kommissariat in die Wattgasse kommen, damit wir die Aussage schriftlich machen... gegen 10 Uhr bitte. Und es werden wahrscheinlich auch noch Nachfragen auftreten. Wenn Sie nach dem Erlebten psychologische Unterstützung möchten, sagen sie bitte den Kollegen von der Ermittlungsgruppe Bescheid."

Nachdem Klier den Bus verlassen hatte, atmete Arnsbach tief durch und sagte zu Marasek: „War das nötig, Reinhard? Die Klier hat eine sehr brauchbare Aussage gemacht und leicht war das Ganze für sie sicher auch nicht."

„Ja, eh", erwiderte Marasek, „aber mir ist des auf die Nerven gangen, mit was für einer Überheblichkeit die die Täterin verurteilt hat."

„Trotzdem sind solche Kommentare nicht sehr professionell."

„Hol ma die Milenkovic rein?", wechselte Marasek das Thema.

„Ja, hol sie rein. Aber ich führe weiterhin die Vernehmung", stellte Arnsberg klar.

Jelica Milenkovic war mittelgroß, trug eine kurze Winterjacke, hohe Stiefel und enge Jeans, die ihre nicht ganz schlanken weiblichen Formen betonten. Sie hatte große dunkle Augen und blond gefärbte, halblange Haare und war erheblich geschminkt. In ihren Gesichtszügen glaubte Arnsbach die Spuren eines anstrengenden Lebens einer Fabrikarbeiterin mit zwei minderjährigen Kindern erkennen zu können… diese Infos hatte sie im Vorfeld von den Kollegen erhalten.

„Frau Milenkovic, danke, dass Sie auf uns gewartet haben…"

„I hab ja ka andere Wahl g´habt."

„Trotzdem danke. Ich würde dann damit beginnen, Ihnen einige Fragen zu stellen. Sie sind österreichische Staatsbürgerin…"

„Des ham ihre Kollegen doch eh scho auf mein Personalausweis g´sehen. Aber wenn´s darum geht, meine Eltern san aus Serbien und i bin als Vierjährige nach Wien kommen."

„Was ist da vorhin in der Straßenbahn passiert?"

„Na, diese Typen san endlich amal an die Richtige geraten und ham bekommen, was sie verdienen."

„Wie meinen Sie das? Wieso ‚endlich einmal'?"

„Mei 15-jährige Tochter geht in a Handelsakademie. Da warten dauernd afghanische junge Männer vor da Schul und gehen den Mädels nach, reden sie deppert an und so weiter… und die Polizei sagt, sie können nix machen, weil ka Delikt vorliegt. Einer Freundin von mir hat im Sommer so a Flüchtling untern Rock griffen... und sonst hört ma a lauter solche Sachen. Ihr seid´s ja die Polizei, ihr müsst´s ja wissen, was da los is. Aber ihr macht´s nix, also braucht´s euch ned wundern, wenn amal a Frau des selber erledigt. Und vielleicht spricht si des ja jetzt bei die Afghanen rum, dass des Belästigen a g´fährlich sein kann."

Arnsbach hatte der Zeugin bewusst den Raum für diese Ausführungen gegeben, denn sie wollte Milenkovic´ Einstellung kennenlernen, um ihre Aussage dann besser einordnen zu können. Danach fragte sie die Zeugin zum Ablauf des Geschehens und Milenkovic bestätigte die Angaben von Klier. Milenkovic war im vorderen Teil des Wagons in Fahrtrichtung gesessen. Ab dem Zeitpunkt, wo die drei Afghanen begannen die spätere Täterin anzureden, war sie auf die Situation aufmerksam geworden und hatte sich zur Wagonmitte umgedreht. Milenkovic musste die Täterin von vorne gesehen haben. Deshalb war die folgende Frage für Arnsbach von entscheidender Bedeutung.

„Frau Milenkovic, wie hat denn die Täterin ausgesehen? Ihre Aussage ist wichtig, erzählen Sie uns bitte möglichst genau!"

„Sie war eher groß, gute Figur, lange blonde Haare. Ungefähr Mitte 30, würd i sagen Blauer Anorak, Jeans und dunkelblaue Sportschuhe."

„Und wie hat ihr Gesicht ausgesehen? Können Sie das beschreiben?"

„Ihr Gesicht?", Milenkovic blickte etwas ratlos. „I weiß ned, was Sie da wissen wollen."

„War sie hübsch? War sie geschminkt? Hatte sie ein besonders Merkmal? Konnten Sie ihre Augenfarbe erkennen?", versuchte ihr Arnsbach auf die Sprünge zu helfen.

„Ja, schon hübsch, geschminkt eher ned oder nur wenig. Die Augenfarbe hab ich ned erkennen können. Sonst is ma nix Besonderes aufg´fallen."

„Na gut, Frau Milenkovic. Vorerst vielen Dank für ihre Aussage. Haben Sie morgen wieder Frühschicht?"

„Ja."

„Wann sind Sie da fertig?"

„Um 14 Uhr."

„Dann seien Sie bitte morgen gegen 15 Uhr bei uns im Kommissariat in der Wattgasse. Wir werden Ihre Aussage schriftlich machen und auch versuchen, mit Ihnen ein Phantombild anzufertigen. Wenn Sie nach dem Erlebten psychologische Hilfe haben wollen, sagen Sie bitte Bescheid."

„Na danke, sowas brauch i ned", wehrte Milenkovic energisch ab.

Nachdem die Zeugin ausgestiegen war, verließen auch Arnsbach und Marasek den Bus. Die Spurensicherung war immer noch an der Arbeit. Mittlerweile standen drei Särge für den Abtransport der Leichen bereit. Und die uniformierten Polizisten hatten an den Absperrungen alle Mühe, die große Anzahl an Journalisten im Zaum zu halten. Drei erschossene Flüchtlinge – Arnsbach und Marasek war klar, dass das morgen das Top-Thema in allen Zeitungen sein würde und dass die Kommentare diverser Politiker ebenso wenig ausbleiben würden wie erhitzte Debatten in diversen Internet-Foren.

Es ging inzwischen auf 22 Uhr zu. Die Temperatur an diesem Abend des 7. Dezember lag knapp über Null, aber der Wind hatte sich völlig gelegt und es war deshalb nicht unangenehm. Arnsbach war die letzten zwei Stunden vollständig auf den Fall fokussiert gewesen. Erst jetzt nahm sie wahr, dass sie ihre schicke Abendkleidung für die Weihnachtsfeier in der Anwaltskanzlei trug. Sie würde nachher gleich ihren Verlobten anrufen, um herauszufinden, ob es noch Sinn machte, zur Feier zurückzukehren. Vorher gab sie aber noch einige Anweisungen.

„Reinhard, von deiner Ermittlungsgruppe soll sich gleich einer hinsetzen und in unserer Datei nach Frauen mit einer Vorgeschichte in Notwehrüberschreitung schauen, nach Frauen, auf die die Beschreibung der Zeuginnen passt. Ein anderer soll sich die Videoüberwachung der Wiener Linien beim Schottentor besorgen und rausfinden, ob wir auch bei der Rosensteingasse was Brauchbares finden. Die Berichte will ich morgen um 6 Uhr in der Früh auf deinem Schreibtisch haben, dasselbe gilt für die Spurensicherung. Du machst bitte jetzt gleich das übliche Statement an die Herrschaften der Presse, nur minimalste Infos, mehr bekommen sie frühestens morgen Nachmittag. Und wir sehen uns dann morgen um 6 Uhr in deinem Büro."

„Alles klar. Viel Spaß noch mit deinen Anwälten", verabschiedete sich Marasek mit seinem charmanten Lächeln.

3

Arnsbach war noch auf die Weihnachtsfeier in der Kanzlei gefahren. Die Damen und Herren Anwälte waren natürlich sehr interessiert zu erfahren, was da in Hernals genau los gewesen war. Aber Arnsbach reagierte, wie immer in solchen Fälle, höchst korrekt und verschlossen. Gegen 23 Uhr löste sich die Party schließlich langsam auf. Arnsbach fuhr mit ihrem Verlobten in die gemeinsame Dachgeschoßwohnung in der Josefstadt. Daheim angekommen genehmigte sie sich noch eine Zigarette auf der Terrasse und genoss den Blick über das nächtliche Wien. Die LKA-Leiterin rauchte nur wenige Zigaretten am Tag, nach einem guten Essen, zwischen zwei anstrengenden Verhören oder eben vor dem Schlafengehen zur Entspannung.

Viel geschlafen hatte sie nicht. Das Einschlafen verzögerte sich, weil ihre Gedanken noch um den Fall kreisten. Und dann hatte um 5 Uhr 15 der Wecker geläutet. Arnsbach war schnell in der Früh. Kurz ins Bad, einen Espresso und ein halbes Kipferl und los ging es. Geduscht hatte sie noch am Vorabend und sich für den heutigen Tag die Kleidung herausgelegt, diesmal was legeres, Jeans und einen eng anliegenden braunen Pulli, der ihre gute

Figur betonte und der ebenso gut zur ihren dunkelbraunen Locken passte wie zu ihrer braunen taillierten Winterjacke.

Diesen Morgen hatten sämtliche Tageszeitung einen Bericht über die drei Toten aus dem 43er auf der Titelseite. Je nach Zeitung waren die Überschriften mehr oder weniger reißerisch gestaltet. Die Interpretationen reichten von einer geplanten rechtsextremen Tat bis hin zu Verständnis für die Notwehr einer belästigten Frau. Sophie Arnsbach hatte die Berichte am Weg ins Kommissariat Wattgasse überflogen.

Und auch die ersten Stellungnahmen von Politikern lagen bereits vor. Sie beinhalteten die üblichen Beschwichtigungen der rot-grünen Stadtregierung, dass man nun in aller Ruhe…, nichts überstürzen, nicht pauschalisieren, nicht politisieren und so weiter. Und die FPÖ versuchte den Fall für sich zu nutzen und machte in einem Statement mehr oder weniger deutlich die staatliche Flüchtlingspolitik des letzten Jahres dafür verantwortlich machte, dass es so weit kommen konnte. Inmitten dieser beginnenden öffentlichen Aufregung mussten Arnsbach und Marasek nun die Ermittlungsarbeit leiten.

Als Arnsbach um Punkt 6 Uhr eintraf, war Marasek schon in seinem Büro. Und auch Melanie Hartl von der Spurensicherung war nach einer

Nachtschicht dazugekommen. Marasek hatte offenbar schriftliche Berichte vorliegen und schien bestens gelaunt. Arnsbach kam gleich zur Sache:

„Wie sieht´s aus? Was haben wir?"

„Wie´s ausschaut, hamma an Volltreffer", grinste Marasek und ließ sich Zeit.

„Na sag´ schon!"

„In der Datei hamma a Frau g´funden, die scho zwei Mal Männer, die sie angriffen haben, orndlich verletzt hat. Sie is in beiden Fällen freig´sprochen worden. Beide Male offenbar eindeutig Notwehr. Aber die Beschreibung von die Zeuginnen passt perfekt: Die Frau is 39 Jahre alt, 1,73 groß, lange blonde Haare, sportliche Figur. Von der Rosensteingasse hamma ka Video, aber wir ham sie kurz nach 19 Uhr auf einer Überwachungskamera vom Schottentor drauf. Wir sehen dabei leider ned, wie´s in die Straßenbahn einsteigt. Des heißt, wir wissen ned hundertprozentig, in welcher Garnitur sie war. Aber nach der Handy-Ortung muss sie mim 43er g´fahren sein. Um 19.32, also kurz nach der Tatzeit, is ihr Handy im Bereich Rosensteingasse vom Netz g´nommen worden. Gegen 22 Uhr hat sie bei der Handyfirma ang´rufen und des Handy sperren lassen, weil´s ihr angeblich g´stohlen worden is."

„Das ist ja mehr als vielversprechend", stellte Arnsbach zufrieden fest. „Wie heißt die Frau? Was macht sie beruflich?"

„Die heißt Jana Geringer und arbeitet bei einer großen Versicherung in der Innenstadt. Sie macht dort irgendwas im Büro."

„Ich will dann natürlich Genaueres über die zwei Fälle mit den Freisprüchen hören. Aber zuerst bitte die Spurensicherung… was kannst du uns sagen, Melanie?"

„Die Analyse der Einschüsse bestätigt den Ablauf, wie ihn die Zeuginnen beschrieben haben. Und wir haben die Tatwaffe… also, genauer gesagt, wir wissen, dass es sich um eine Zastava CZ-99 gehandelt hat. Kaliber 9 mm. Vermutlich Anfang der 90er Jahre in Jugoslawien hergestellt. In den Nachfolgestaaten sind unzählige von dem Modell in Umlauf, besonders in Serbien, Bosnien und Montenegro. Die konkrete Waffe dürfte in Österreich nicht registriert sein."

„Sonst noch irgendwelche brauchbaren Spuren?"

„An den drei Toten haben wir verschiedene DNA gefunden, aber da sind wir noch nicht durch. Im Wagon haben wir auch ohne Ende Haare gefunden, darunter auch etliche lange blonde. Da sind wir noch dran. Wenn wir später DNA von der Verdächtigen haben, können wir dann vergleichen."

„Danke, Melanie. Schlaf jetzt mal ein paar Stunden und sei dann bitte zu Mittag wieder da."

Nachdem Hartl gegangen war, richtete sich Arnsbach wieder an Marasek:

„Na dann, Reinhard, erzähl mir von den zwei Notwehr-Fällen der Jana Geringer!"

„Der erste war im Jahr 1998. Da war sie grad amal 21 Jahre alt und nach einem Clubbing am Heimweg. A Typ is ihr nachgangen, der war damals 29. Er hat sie z'erst immer wieder ang'redet. Wie er dann versucht hat sie festzuhalten, hat sie sofort zug'schlagen und ihm die Nas'n brochen. Es muss a harter Schlag g'wesen sein, weil der Typ war orndlich bedient. `S hat dann a Anzeige wegen schwerer Körperverletzung geben, aber sie is eben freig'sprochen worden."

„Und der zweite Fall?"

„Des war 2009. Inzwischen hat sie in St. Pölten g'wohnt. Ihr damaliger Freund, a gewisser Johannes Horvath, hat sie betrogen und sie hat ihn deswegen verlassen. Der is dann in ihr Wohnung einbrochen, hat sie bedroht und wollt sie aufs Bett drängen. Da is es dann zu einer echten Schlägerei kommen. Sie war a verletzt… Hämatome überall, aus der Nas'n hat's blutet und so weiter. Aber der Typ war echt fertig… die hat dem zwei Zähne ausg'schlagen, ihm die Nas'n und den Unterarm brochen, a Aug war ziemlich lädiert. Und anders als der Typ von 1998 is der Horvath a kräftiger Typ und 1,85 groß. Natürlich a a Freispruch."

„Und ist die Frau Geringer in den letzten Jahren auch nochmal aktenkundig geworden?"

„Ja, und des is für uns a interessant. Im Oktober 2014, da war sie wieder zruck in Wien, hat sie im Wachzimmer in der Halirschgasse a Anzeige g´macht: Drei junge Türken sollen sie in der S45 auf an Doppelsitz bedrängt und betatscht haben. Wie´s den einen wegschoben hat, soll der g´sagt haben ‚I stech di ab, du Hure'; er soll ihr sogar grinsend a Messer unter´s Kinn g´halten haben. Die Kollegen sind dann no hin zur Station Hernals, aber die drei waren natürlich scho längst über alle Berge. Und die Anzeige is im Sand verlaufen."

„Na, die hat ja schon einiges hinter sich, die Geringer. Vielleicht hat sie sich dann eine Waffe besorgt und auf Selbstjustiz gesetzt."

„Zampassen tut des jedenfalls alles super. Wär bei dem jetzigen Fall eh perfekt, wemma des schnell aufklärt haben."

„Lass die Geringer bitte sofort festnehmen. Deine Leute sollen dann gleich schauen, ob sie sie in der Arbeit erwischen, und herbringen. Außerdem brauchen wir einen Durchsuchungsbefehl für ihre Wohnung… wo und wie wohnt sie denn?"

„Die wohnt in einer Genossenschaftswohnung in Ottakring, in der Nähe von der U3 Endstation, gemeldet is nur sie dort. Sie dürfte keine Kinder haben und ned verheiratet sein. Ich werd mi glei um die Aufträge kümmern..."

Dann ging alles ziemlich schnell. Jana Geringer wurde an ihrem Arbeitsplatz angetroffen und umgehend in das Kommissariat Wattgasse gebracht. Sie hatte lautstark gegen die Festnahme protestiert und sich wenig kooperativ gezeigt. Sie wartete nun unter Bewachung einer Beamtin im Vernehmungsraum.

Arnsbach und Marasek betrachteten die Verdächtige durch die Glasscheibe, durch die man in den Vernehmungsraum zwar hinein-, aber nicht hinaussehen konnte. Geringer passte perfekt auf die Beschreibung der Zeuginnen: breitschultrig, die blonden Haare bis über die Schultern, nicht mehr ganz jung, aber noch immer ziemlich hübsch, wirklich schöne Lippen, dezent geschminkt, ein entschlossener Gesichtsausdruck, die Wut über ihre Festnahme war ihr anzusehen. Arnsbach ließ Geringer absichtlich ein bisschen warten; sie sollte nur nervös werden. Nach einiger Zeit traten Arnsbach und Marasek ein und begannen kurz nach 9 Uhr 30 mit der Vernehmung.

4

Marasek schaltete Mikrophon und Kamera ein und Arnsbach legte los, korrekt und bestimmt wie immer.

„Frau Geringer, Sie wurden festgenommen, weil Sie unter Mordverdacht stehen. Wollen Sie Ihren Anwalt beiziehen?"

„I hab kan Anwalt und i brauch a kan von diese Typen. I hab nix verbrochen und kann selber reden."

„Als Beschuldigte haben Sie das Recht, Ihre Aussage zu verweigern."

„I hab nix zu verbergen."

„Sie stehen in Verdacht, gestern Abend in der Straßenbahnlinie 43 drei Männer erschossen zu haben. Ist Ihnen das bewusst?"

„Ja, ihre Kollegen hamma des bei der Festnahme g´sagt. Und ich hab denen g´sagt, dass des a Idiotie is. Und wenn jede Woch´n irgendwo in Wien irgendwelche Afghanen oder Araber a Frau angehen, dann schaut´s ihr einfach zu, aber wenn drei von denen tot san, dann seid´s auf amal ganz eifrig."

„Es geht hier um Mord, Frau Geringer, nicht um Belästigung oder Körperverletzung!"

„Was willst du sagen? Dass a Vergewaltigung ned so schlimm is? Nach so einer Vergewaltigung is des Leben von an Mädel oft im Orsch. I find´s gut, dass si jetzt endlich amal eine g´wehrt hat."

„Waren Sie das?"

Geringer, die bisher aufrecht dagesessen war, lehnte sich nun zurück und sagte ganz langsam: „Leider nein. I war ned in der Straßenbahn und i hab kan Revolver."

„Aber die nötige Wut haben Sie in solchen Situationen schon! 1998 und 2009 haben Sie zwei Männer, die Sie belästigt haben, schwer verletzt."

„Des war Notwehr und i bin freig´sprochen worden... und du weißt des eh. Daraus, dass i mir damals von die zwei Arschlöcher nix g´fallen hab lassen, willst du mir jetzt an Strick drehen?"

„Frau Geringer, wir sind hier per Sie miteinander", versuchte Arnsbach auf die Gepflogenheiten zu pochen, was Geringer freilich wenig beeindruckte:

„Und was willst jetzt machen? Mi wegen Duzen anzeigen?"

„Wir machen hier unsere Arbeit und bemühen uns um einen höflichen Umgangston."

„Du willst mir drei Morde anhängen und i soll schön freundlich bleiben? Geht´s no?"

„Haben Sie in Ihrer Firma eigentlich auch so einen Ton drauf?"

„Nein, gegenüber Kunden und den Chefitäten spreche ich selbstverständlich vorschriftsmäßig nach der Schrift… aber da bei euch muss i des ned."

„So, wie der Herr Horvath ausgesehen hat, nachdem er sich mit Ihnen angelegt hat…"

„Der hat z´erst mit irgendeiner Schlamp´n g´fickt und wollt dann mi vergewaltigen. Der hat nix andres verdient!"

„Jedenfalls können Sie da offenbar ziemliche Kräfte entwickeln. Machen Sie Kampfsport oder haben Sie Kampfsport gemacht?"

„Na, aber i war in der Hauptschule in der Roterdstraße."

„Was hat das damit zu tun?", fragte Arnsbach etwas naiv.

„Na, du bist wahrscheinlich aus Hietzing und warst bei die Dominikanerinnen. Wennst di in der Roterdstraße ned dauernd von die Burschen ausgreifen hast lassen wollen, dann hast lernen müssen, wie´s di wehrst. Und mei Cousin macht Krav Maga, der hat ma a paar Sachen zur Selbstverteidigung zeigt. I hab in mein ganzen Leben no nie wen attackiert, aber i lass ma nix g´fallen."

Von Anfang an war die gegenseitige Antipathie zwischen Arnsbach und Geringer eindeutig gewesen. Offen ausgedrückt hatte das bislang nur Geringer. Arnsbach fühlte sich aber zunehmend provoziert und spürte, dass sie sich selbst nicht mehr leicht zurückhalten konnte. Sie legte den Kugelschreiber vor ihr am Tisch etwas nach rechts, wo Marasek saß... das vereinbarte Zeichen, dass er mit der Vernehmung fortsetzen sollte.

Marasek ließ sich Zeit und sagte dann ganz ruhig: „Red ma amal über den Ablauf von dem Abend..."

„Bist du der Adjutant von der Hietzinger Tussi?", unterbrach ihn Geringer, weiterhin streitlustig.

Marasek quittierte das, zur Irritation von Arnsbach, mit seinem sonst ihr vorbehaltenen charmanten Lächeln und setzte fort: „Sie waren kurz nach 19 Uhr am Schottentor. Von wo sind sie denn kommen?"

„Aus der Arbeit."

„San Sie immer so lang in der Arbeit?"

„Normal ned. Aber bei uns in der Firma lauft grad wieder amal so a vertrottelte Umstrukturierung. Und die Beraterfirma, die si damit a goldene Nas'n verdient, hat gestern so a gaaanz wichtiges Meeting ang´setzt." Das Wort Meeting hatte Geringer voller Ekel ausgesprochen.

„Mein Beileid", scherzte Marasek. „Und wo san Sie dann hing´fahren?"

„Auf den Christkindlmarkt im Alten AKH. I hab mi dort um halb acht mit mein Partner troffen, i war aber a bissl z´früh dran."

„Wie heißt denn Ihr Partner? Wir werden den natürlich befragen müssen…"

„Der heißt Armin Angerer und den können´s ruhig fragen. Wir waren ungefähr bis 9 Uhr Glühwein trinken und san dann zu ihm heimg´fahren. Dort bin i dann draufkommen, dass i mei Handy nimmer hab und i hab´s sperren lassen."

Geringer war also von selbst auf den verdächtigsten Punkt zu sprechen gekommen. Sehr geschickt, dachte Arnsbach. Marasek bohrte nach:

„Des ist halt scho recht komisch, dass Ihr Handy mim 43er bis zur Rosensteingasse fahrt und dass es dann kurz nach den Schüssen vom Netz g´nommen wird. Wie wollen´s uns des erklären?"

„I will des überhaupt ned erklären. Aber i geh davon aus, dass ma des Handy bei dem Gedränge am Schottentor g´stohlen worden is. Da is ja, bevor i dort war, ewig ka 43er daherkommen. Es ham scho ur viel Leut g´wartet und da wird ma einer in die Jack´n griffen ham."

„In welchen von den 43ern, die dann hintereinander kommen san, san Sie dann eing´stiegen?"

„In den zweiten, der war nimmer ganz so arg voll."

„Aber Sie waren ja eh z´früh dran. Hätten´s ja auch den dritten oder vierten nehmen können?"

„Für die zwei Stationen war´s ma wurscht. Und i hamma dacht, i schau ma no a bissl die Standln an... des nervt den Armin eh immer. Und wo hätt´ i mim 43er überhaupt hinfahren sollen? Wenn i zu mir fahr, hätt´ i den 2er oder die U3 g´nommen, und zum Armin fahr´ i mim 48A."

„Und wie is des Handy dann zur Rosensteingasse kommen?"

„Na der Taschendieb wird a mim 43er g´fahren sein."

„Und der hat dann ausgerechnet bei der Rosensteingasse den Akku rausg´nommen und des ausgerechnet kurz nach den Schüssen. Des täten´s an meiner Stell ja selber ned glauben."

„Vielleicht Zufall, vielleicht hat der Dieb nach den Schüssen Panik kriegt oder weil er die Polizei g´sehen hat... keine Ahnung."

Das konnte Marasek wenig beeindrucken. Nachdem er diese Antwort für einige Sekunden im Raum stehen gelassen hatte, fuhr er fort:

„Zu diesen komischen Zufällen kommt halt noch, dass die Beschreibung von den Zeuginnen perfekt auf Sie passt..."

„In der Zeitung is g´standen, a blonde Frau mit einer Jean und an blauen Anorak – da wer´n a paar solche in Wien unterwegs sein!"

„Ned nur des, Frau Geringer, wir haben a Phantombild, des schaut aus, als wär´s von ihrem Passbild abzeichnet worden…" Marasek hielt inne, schaute Geringer direkt in ihre grünen Augen und wartete auf eine Reaktion.

Geringer ließ sich Zeit mit der Antwort. Arnsbach wartete darauf, dass die Verdächtigte nun einbrechen oder sich verraten würde. Doch Geringer schaute kurz zu Arnsbach, lächelte dann Marasek an und sagte schließlich ganz ruhig und kühl:

„Willst du mi verarschen, damit´st bei deiner Chefin Eindruck schinden kannst? Ihr könnt´s ka Phantombild von mir haben, weil i ned in der Straßenbahn war, wo die Typen erschossen worden san. Und wenn ihr doch eins habt´s, dann is des getürkt… aber für so an Kieberer halt i di ned."

Marasek war sicherlich verärgert, dass seine Falle nicht zugeschnappt war. Aber ebenso war er mittlerweile ein bisschen beeindruckt, wie sich die Verdächtige in der Vernehmung schlug. Er wechselte das Thema:

„Vor zwei Jahren san Sie in der S45 von drei junge Türken belästigt und bedroht worden. Die Anzeige hat nix bracht, die Polizei hat Ihnen ned helfen können. Ham Sie dann beschlossen, si selber zu helfen? Ham Sie si danach a Waff'n besorgt für den Fall, dass Ihnen des no amal passiert? War es gestern am Abend soweit?"

„Jetzt zum Mitschreiben: I war gestern ned in der Straßenbahn, sondern am Christkindlmarkt mit mein Freund. I hab seit a paar Monat an Pefferspray, aber kan Revolver. I hab no nie an Revolver besessen und kann mit sowas gar ned umgehen."

Marasek war klar, dass er hier vorerst nicht weiter kam. Jana Geringer war eine harte Nuss. Das war anstrengend und fordernd, aber auch reizvoll. In der nächsten Runde würden ihm weitere Geschütze zur Verfügung stehen. Mit dieser Aussicht beendete er das Gespräch, jetzt in offiziellerem Ton:

„Gut, wir machen hier einmal einen Punkt. Frau Geringer, sie stehen weiterhin unter dringendem Tatverdacht und bleiben in Haft. Die Beamtin wird sich dann um Sie kümmern. Wir brauchen Ihren Anorak, um ihn zu untersuchen. Und etwas später wird jemand von der Spurensicherung zu Ihnen kommen, um Ihre Fingerabdrücke zu nehmen und Ihre Hände auf Schmauchspuren zu überprüfen. Bis später."

Marasek und Arnsbach standen auf und verließen den Raum. Schweigend gingen sie in Maraseks Büro. Es ging inzwischen auf 11 Uhr zu. Marasek schenkte für sich und seine Vorgesetzte einen

Orangensaft ein und legte ein paar Müsliriegel auf den Tisch.

„Schwer zu knacken, die Geringer, was?", fasste Marasek zusammen.

„Ja, aber das wird ihr nichts helfen, angesichts der Faktenlage."

„Bist du dir so sicher, dass sie's war?"

„Schon, du vielleicht nicht? Sie gefällt dir, oder?"

„Fesch is sie schon. Und a Ausstrahlung hat sie auch", grinste Marasek.

Arnsbach verdrehte die Augen und wandte sich lieber wieder der Kriminalistik zu: „Die Ausstrahlung wird aber nicht die Schmauchspuren von den Händen und der Jacke entfernen. Auf ihren Schuhen werden wir vermutlich Blutspuren finden. Das Alibi hat sie sicher mit diesem Armin Angerer abgesprochen, aber ob die Details einem Kreuzverhör standhalten, werden wir sehen."

„Und vor allem hamma die Milenkovic für a Gegenüberstellung. Die müsste sie ja erkennen."

„Ja, aber ich will auf Nummer sicher gehen. Die Milenkovic sympathisiert mit der Täterin. Die soll lieber zuerst ein Phantombild zeichnen und dann erst die Verdächtige vorgeführt bekommen. Und die Klier wird grad noch im Haus sein, schau bitte, dass sie gefragt wird, ob die Täterin Handschuhe an hatte. Außerdem brauchen wir einen Zugriff auf die Handy- und Email-Kommunikation von der Geringer. Und sorg´ bitte auch dafür, dass wir über diesen Angerer Infos kriegen und ihn irgendwo auftreiben. Ich werd´ inzwischen den Polizeipräsidenten zurückrufen."

„Passt. Treffpunkt um 12 Uhr wieder hier? Dann kömma die Dinge noch zusammenführen, bevor wir mit der Hausdurchsuchung anfangen."

„Ja perfekt." Arnsbach schnappte sich einen Müsliriegel und verließ das Büro.

5

Punkt 12 Uhr war Arnsbach zurück in Maraseks Büro. Außer ihm war auch Melanie Hartl wieder da und hatte die neuesten Erkenntnisse ihres Teams mitgebracht. Arnsbach hatte das Gespräch mit dem Polizeipräsidenten über sich ergehen lassen. Er machte ganz offen Druck und stand selbst unter erheblichem Druck von Medien und Politik. Angesichts dessen musste der Umgang damit besprochen werden.

„Irgendwas müss ma den Journalisten sagen, dann können's was schreiben und wir ham bis morgen a bissl a Ruh'", begann Marasek.

„Ja, sicher", pflichtete Arnsbach bei, „aber nicht zu viel. Sorg' bitte zwischen 14 und 15 Uhr für eine Presseaussendung. Inhalt: eine Verdächtige festgenommen, 39 Jahre alt, österreichische Staatsbürgerin, Ermittlungen laufen, Pressekonferenz voraussichtlich morgen Vormittag."

„Mach i. Fangst du an, Melanie?"

„Ja, gut. Also es schaut nicht so gut aus. Es gibt keine DNA der Verdächtigen auf den Toten, weder am Kehlkopf noch sonst wo. Von den blonden langen Haaren aus dem 43er gehört keines der Geringer… das war auch nicht unbedingt zu erwarten. Und Backspatter-Blutspuren gibt weder am Anorak noch auf den Jeans noch auf den Schuhen.

Und was euch noch weniger gefallen wird: Es gibt weder auf dem Anorak noch auf der rechten Hand Schmauchspuren!"

„Was?", war Arnsbach perplex. Nach kurzem Schweigen fügte sie hinzu: „Vielleicht hat sie Handschuhe angehabt und vielleicht hat sie heute einfach einen anderen blauen Anorak angezogen und andere Schuhe angezogen. Die Jeans sagen nichts, die wird sie sowieso gewechselt haben."

Marasek analysierte weiter: „Die Schuhe san am Video vom Schottentor ned drauf, außerdem kann bald amal wer zwei Paar dunkle Sportschuh haben. Aber ich hab den Anorak, den wir untersucht ham, mit dem am Video vom Schottentor verglichen. Des is der gleiche… blitzblau, derselbe Schnitt und der auffallende orange-rote Zip."

„Das gibt´s ja nicht", sagte Arnsbach etwas ratlos. „Die ist wirklich clever, die Geringer. Die hat sich gut auf ihre Festnahme vorbreitet, wahrscheinlich mit der Hilfe von diesem Armin…"

„Oder sie war´s einfach ned", wandte Marasek ein.

„Die war das, das spür´ ich, die ist genau der Typ für so einen Auftritt."

„Du predigst doch immer, dass ma sich ned nur auf eine Variante einschießen soll, dass ma in alle Richtungen denken muss, bla bla bla…", begann sie Marasek aufzuziehen.

„Geh, schau lieber nach, was im Protokoll von der Klier über Handschuhe steht!"

Während Marasek auf seinem PC die Datei mit der Aussage von Theresa Klier öffnete, herrschte im Raum gespannte Ruhe. Marasek scrollte immer weiter nach unten. „Da hamma's. Ja, die Klier sagt, dass die Täterin Handschuhe tragen hat, helle Handschuhe."

„Na dann bleibt die Geringer im Spiel", stellte Arnsbach fest. „Danke jedenfalls, Melanie. Fahr bitte mit deinen Leuten jetzt los zur Hausdurchsuchung. Wir kommen dann eh bald nach."

„Ja, machen wir. Die werden eh schon warten." Melanie Hartl verließ das Büro.

„Reinhard, was wissen wir über den Angerer?", wollte Arnsbach wissen.

„Der is 44 Jahre alt, Lehrer im Gymnasium in der Maroltingergasse, unterrichtet Turnen und Geschichte, wohnt in der Kleingartenanlage Waidäcker, da zwischen Flötzersteig und Johann-Staud-Gasse, hat einen 6-jährigen Sohn, der teilweise bei ihm lebt."

„Ein Lehrer, so so. Wird in der Schule auch nicht so gut kommen, wenn er eine Mordverdächtige deckt."

„Und die Lehrer und Lehrerinnen san ja eh alle ganz auf ‚Refugee Welcome' drauf…", feixte Marasek. „Die Geringer hat jedenfalls scho am Vormittag vom Recht auf an Anruf Gebrauch g´macht und den Angerer informiert, dass sie festg´nommen ist. Sie hat ihm außerdem no g´sagt, dass er si keine Sorgen machen soll und dass wir scho außefinden wer´n, dass sie unschuldig is. Des kann natürlich a Theater für uns g´wesen sein."

„Ja sicher. Jedenfalls werden wir heute noch den Angerer aufsuchen… aber erst nach der Milenkovic und der Geringer. Haben wir schon Zugriff auf die Handy- und Emailkommunikation?"

„E-Mail nein, Handy ja. I hab jetzt no ka detaillierte Auswertung, aber a paar Sachen san scho interessant. Erstens amal wohnt die Mutter von der Geringer da neben dem Kongressbad, die Geringer hat viel Kontakt mit ihr und die Wohnung von der Mutter wär a Ziel für a Fahrt mim 43er g´wesen. Allerdings kommunizieren die zwei alles, jeden Kleinscheiß, per SMS… und für den Abend ham´s nix ausg´macht. Im Gegenteil hat die Geringer ihrer Mutter kurz vor 19 Uhr, also am Weg zum Schottentor, per SMS an schönen Abend g´wunschen. Spricht also ned dafür, dass die dort hinfahren wollt."

„Vielleicht ein Überraschungsbesuch oder sie wollte halt irgendwo anders hin, mit ihrem Freund irgendwo essen gehen oder was weiß ich. War's das vom Handy?"

„Recht viel SMS schreibt die Geringer mit einer Sandra Stadleder, offenbar a Freundin aus St. Pölten – die sollt ma vielleicht a befragen. Und auffällig ist no, dass sich die Geringer und der Angerer teilweise ziemlich heftige erotische Nachrichten schicken. Sie schickt ihm a harte pornografische Bilder oder Aufforderungen zu einer Abendgestaltung, die… wie soll i sagen… die Geringer steht offenbar auf die harte Tour, will si sexuell gern beherrschen lassen."

„Aha", sagte Arnsbach. „Sonst noch was vom Handy?"

„Was die Sexualpraktiken betrifft, meinst du?", erwiderte Marasek und beobachtete Arnsbach. Die wurde rot und winkte genervt ab: „Natürlich nicht. Ob es noch andere Infos gibt?"

„Ah so", grinste Marasek, „na ja, bei der Geringer ned, aber wir ham a scho die Handydaten vom Angerer. Und der hat vor a paar Monat ziemlich massive Wickl mit seiner Ex g'habt. Da is drum gangen, dass er sein Buam mehr sehen will und sei Ex da dagegen war."

„Na das ist ja ein weiteres Druckmittel gegen ihn, dass er der Geringer kein Alibi gibt", kommentierte Arnsbach zufrieden. „Vorm Familiengericht schaut das schlecht aus, wenn der Kindsvater mit einer Mörderin zusammenlebt. Aber nochmal zum gestrigen Abend: Gibt´s zwischen Geringer und Angerer irgendwelche Nachrichten, die belegen, dass sie sich für 19 Uhr 30 im Alten AKH verabredet haben?"

„Nein, gar nix. Aber des könnten si die zwei a in der Früh ausg´macht haben. Und ma muss auch sagen, dass der Angerer offensichtlich ned so gern oder ned so viel SMS schreibt. Der dürft da eher altmodisch sein… Start ma mit der Hausdurchsuchung?"

„Ja, passt. Ich fahr´ mit dir mit."

Die beiden gingen nachdenklich hinunter zu Maraseks Wagen. Neben ihnen machten sich auch noch zwei Kollegen der Ermittlungsgruppe Mord auf den Weg. Ihr Ziel war Geringers Genossenschaftswohnung in der Paltaufgasse.

6

Die Eingangstüre von Geringers Wohnung hatte drei Schlösser und war auch für die Spezialisten der Polizei nicht leicht zu knacken gewesen. Schließlich hatten die Spurensicherung aber freien Weg gehabt und war beim Eintreffen von Marasek und Arnsbach bereits voll an der Arbeit. Noch vom Eingang aus rief Marasek in die Wohnung hinein:

„Melanie, wie schaut's aus. Kömma scho mim normalen Gwand reinkommen?"

„Nein, zieht's euch lieber noch die Overalls an."

Marasek und Arnsbach zogen sich also die sterilen Overalls und Überzieh-Schuhe der Spurensicherung an und stapften in die Wohnung. Sie sahen eine moderne 80-Quadratmeter-Wohnung im 3. Stock, Wohnzimmer und Balkon nach Westen mit Blick auf die Vorortelinie, die beiden Schlafzimmer nach Osten in den großen Innenhof der Anlage. Alles war sehr neu, die Möbel aus hellem Holz, sehr sauber, aufgeräumt und gepflegt, eine fast schon neurotische Ordnung.

„Erste Ergebnisse, Melanie?", fragte Marasek.

„Wir haben jetzt mal den Boden im Eingangsbereich und sämtliche Türschnallen auf Reste von

Blut oder Schmauchspuren untersucht. Nichts. Jetzt arbeiten wir uns langsam weiter vor."

„Is gut, wir teilen uns die Zimmer auf. Sophie, nimmst du des Schlafzimmer!? I übernehm des Wohnzimmer. Peter, du Küche, Bad und Abstellraum, und Martin, du des Gästezimmer, Arbeitszimmer oder was des halt is."

Nach 15 Minuten hatten sich die vier Ermittler einen Überblick verschafft. Es wurde, wie erwartet, keine Waffe gefunden, nur ein Guardian-Angel-Pfefferspray, unbenutzt, der im Kleiderkasten im Schlafzimmer versteckt war. Gleich daneben hatte Arnsbach spezielle Bänder gefunden, mit der sich Geringer möglicherweise ans Bett binden ließ. Peinlich berührt hatte sie die Bänder Marasek gezeigt, der darauf natürlich mit einem dreckigen Lächeln reagierte und hinzufügte: „Nette Abendbeschäftigung ham die zwei."

Kurz darauf fand Marasek im Wohnzimmerregal ein Fotobuch, das Geringer und Angerer beim Bergsteigen, bei einer Skitour, an einem See, im Wald, mit einem Kind, bei einem Picknick auf einer Wiese und anderen Freizeitaktivitäten zeigte. Hinter einer Reihe mit Romanen stieß er dann auf ein Kuvert. Es enthielt pikante Fotos: Auf einem steht Angerer nackt und mit einer Erektion in einem Bachbett. Auf dem nächsten hat Angerer im selben Bachbett an seinem nackten Körper hinunterfotografiert und man sieht Geringer, wie sie mit

Mund und Händen seinen Penis umschließt und zur Kamera hinaufblickt. Ein anderes Foto war eine Nahaufnahme einer Penetration, auf der offenbar die glattrasierten Genitalien von Geringer und Angerer zu sehen sind.

Und schließlich ein Foto, auf dem eine blonde Frau – das Gesicht nicht zu erkennen, aber sicherlich Geringer – auf dem Bauch liegend mit gespreizten Armen und Beinen auf das Schlafzimmerbett gebunden ist… bei Rötungen auf ihren Arschbacken meinte Marasek die Abdrücke von Händen zu erkennen. Das Foto war vom Fußende des Bettes aus aufgenommen, genau zwischen die Beine der Frau, und Marasek dachte, „die is ja arg feucht und angeschwollen, diese Muschi."

Er marschierte mit den Fotos ins Schlafzimmer, legte sie dort auf dem weiß überzogenen Bett nebeneinander auf und sagte zu Arnsbach, „schau amal." Die warf einen kurzen Blick auf die Fotos und drehte sich sofort wieder weg: „Na geh, du weißt, dass ich mir sowas nicht gern anschau."

„Mag sein, aber i find, du musst di scho mit der Realität von der Geringer und ihrem Freund konfrontieren. Und schau, der Angerer is ja a ned schlecht baut, trainierter Körper… und die Geringer scho gar ned. Für 39 ist die echt super fit, sehr knackiger Hintern…"

„Hör jetzt auf damit! Was hat das überhaupt mit dem Fall zu tun?"

„Na ja, Gewalt spielt scheinbar a Rolle im Verhältnis von der Geringer zu Männern. Und außerdem mach ma uns – deine Worte! – a möglichst umfassendes Bild von der Verdächtigen. Und da g´hört eben alles dazu."

„Aber ob ihr Hintern knackig ist, ist dabei nicht relevant."

„Na wer weiß…", grinste Marasek. „Oder hast du was g´funden, was uns mehr weiterhilft?"

„Mir fällt hier beim Kleiderkasten auf, dass auch die Kleidung pedantisch geordnet ist. Und es gibt auch etliche Kleidungsstücke doppelt, zum Beispiel zwei gleiche Business-Kostüme, zwei gleiche Funktionsshirts zum Laufen etc."

„Und nach unsrem Desaster vorhin mit der Jacke denkst du jetzt…"

„Ja. Vielleicht hatte sie auch zwei gleiche Jacken und zwei gleiche Paar Sportschuhe. Dann konnte sie gestern Abend nach der Tat die Schuhe, die Jeans, die Handschuhe und die Jacke entsorgen oder von ihrem Armin entsorgen lassen und heute Früh mit der scheinbar selben Kleidung in der Arbeit erscheinen. Blaue Jeans hängen bei ihr sowieso acht bis zehn Stück im Kasten. Dem Gedanken müssen wir nachgehen. Nehmen wir uns jetzt gleich mal die Ordner von der Geringer vor. Schauen wir, ob wir Rechnungen oder Kreditkartenabrechnungen finden. Wenn die damit auch so genau ist, wie mit dem restlichen Zeug in der Wohnung, müsste da was dabei sein."

Sie gingen ins Nebenzimmer, wo Peter Hoffer von der Ermittlungsgruppe bereits mit den Ordnern aus einem Regal beschäftigt war. Und tatsächlich gab es zwei Ordner mit Rechnungen, die fein säuberlich nach Datum einsortiert waren. Nach einigem Suchen stießen auf eine Rechnung für zwei gleiche Paar dunkelblaue Treckingschuhe, die im Juli 2015 von einem Sportgeschäft in Schladming ausgestellt worden war.

„Das sind genau die, die Geringer heute früh anhatte", stellte Arnsbach fest. „Hier in der Wohnung haben wir kein zweites Paar gefunden. Wenn wir das beim Angerer auch nicht finden, wäre das ein Indiz, dass sie es nach den Morden gestern Abend entsorgt hat."

„Wir können sie nachher auch einfach fragen, wo das zweite Paar ist", warf Marasek ein.

„Was mich noch mehr interessiert, ist die Jacke. Wir haben dafür keine Rechnung gefunden, zumindest nicht in den letzten vier Jahren… und die Jacke sieht ja recht neu aus. Billig war sie sicher auch nicht, also untypisch, dass die Geringer die Rechnung nicht aufgehoben hat. Vielleicht hat sie sie verschwinden lassen…"

„Oder sie war a Geschenk vom Angerer…"

„Möglich. Trotzdem sollten wir die Nachbarn fragen, ob sie gestern Abend oder heute Früh jemand in der Wohnung gehört haben. Weil angeblich ist die Geringer ja gestern mit dem Angerer zu ihm gefahren. Wenn die Nachbarn hier dennoch was gehört haben, wär das ein Hinweis, dass hier noch was entfernt wurde."

„I glaub's ned," schüttelte Marasek den Kopf, „weil dann hätten's die Nacktfotos auch verschwinden lassen."

„Oder gerade nicht, damit wir so denken."

„Glaub i ned. Ka einigermaßen normale Frau will, dass si irgendwelche Kieberer solche Fotos von ihr anschauen."

„Aber vielleicht ist die Geringer nicht einigermaßen normal."

Die Spurensicherung und die zwei Mitarbeiter von Marasek setzten ihre Arbeit fort. Arnsbach und Marasek zogen ihre Overalls aus und läuteten bei den Nachbarn. Niemand öffnete.

„Die wer'n alle in der Hackn sein."

„Wahrscheinlich. Deine Leute sollen es am Abend nochmal probieren. Und mach bitte einen Termin mit der Freundin von der Geringer aus."

„Is gut, und dann bestell i uns Mousaka und Gemista aus'm Apollon, wie in alten Zeiten. Des kömma grad no essen, bevor die Milenkovic da ist."

7

Die beiden hatten am Weg zurück ein bisschen über die alten Zeiten vor Arnsbachs Beförderung geplaudert. Während des Essens haben sie auf ihren Handys den aktuellen Stand der öffentlichen Aufregung über den Fall verfolgt. Insgeheim hoffte Arnsbach, dass das Phantombild mit Milenkovic und die Gegenüberstellung mit Geringer den Fall lösen und all die mühsamen Dinge mit Jackenrechnungen und ähnlichem nachrangig machen würden. Milenkovic war überpünktlich eingetroffen und als Marasek und Arnsbach dazu kamen, saß sie bereits seit 10 Minuten mit dem Zeichner zusammen, der ein Phantombild anfertigen sollte. Nach weiteren 30 Minuten kapitulierte er und kam ins Büro von Marasek.

„Sowas hab i no nie erlebt. Mit den Anweisungen von der Zeugin kommt einfach nix raus. Dauernd andere Aussagen, die sich widersprechen. Zu allem sagt sie ‚nein, so hat die nicht ausgeschaut.' Entweder is die Zeugin halb blind und hat die Verdächtige nicht g´scheit erkannt..."

„Oder?", drängte Arnsbach.

„Oder die will uns nicht helfen!"

„Verdammter Mist!" Arnsbach verlor ein bisschen die Kontrolle. „Ich hab´ bei dieser Milenkovic von Anfang an ein schlechtes Gefühl gehabt."

„Jetzt wart amal die Gegenüberstellung ab", beruhigte Marasek.

„Ja, aber ich werd´ der Dame vorher schon noch etwas erläutern."

Sie ließ Milenkovic holen und gemeinsam mit ihr gingen Arnsbach und Marasek in den Nebenraum des Vernehmungszimmers, der durch die erwähnte Glaswand abgetrennt war. Und die LKA-Leiterin begann mit ihrer Belehrung:

„Frau Milenkovic. Der Versuch, ein Phantombild zu erstellen, ist gescheitert… woran auch immer. Wir werden Ihnen nun gleich die Verdächtige vorführen. Sie wird gemeinsam mit drei Polizistinnen, die ähnlich angezogen sind und ebenfalls groß und schlank sind und lange blonde Haare haben, in den Raum kommen. Sie werden sich alle vier in Ruhe ansehen und uns dann sagen, ob sie die Täterin wiedererkennen. Und eines noch vorweg: Eine Falschaussage in einem Kapitalverbrechen ist eine Straftat. Man kann dafür vor Gericht kommen und bis zu drei Jahre ins Gefängnis gehen. Das wäre weder für Sie noch für Ihre Kinder lustig."

Milenkovic reagierte erbost: „Was wollen Sie mir unterstellen? Ich werd versuchen, ob ich die Frau erkenn, die geschossen hat. Wenn sie überhaupt dabei ist."

„Na gut, Frau Milenkovic, wir beginnen jetzt." Arnsbach gab einem Beamten, der bereits im Vernehmungsraum wartete, ein Klopfzeichen und dieser öffnete die Tür. Die vier großen blonden Frauen kamen herein, alle in Sportschuhen, Jeans und T-Shirt. Geringer stand als zweite von links mit einem Schild mit der Nummer 2 darauf in der Hand, zwei Beamtinnen waren in etwa gleich alt wie Geringer, die andere etwas jünger.

Arnsbach und Marasek beobachteten Milenkovic, aber diese verzog keine Miene. Sie blickte die Frauen der Reihe nach in aller Ruhe an, wie es ihr aufgetragen wurde. Einmal alle nacheinander und noch einmal alle nacheinander. Dann sagte sie bestimmt: „Keine von diese Frauen is die Schützin."

Arnsbach kochte innerlich vor Wut, denn sie war sich sicher, dass Milenkovic log. Aber sie sagte betont freundlich: „Frau Milenkovic, wenn Sie sich nicht sicher sind und deshalb niemanden belasten wollen, können Sie das ruhig auch so sagen."

„Nein, i bin mir ganz sicher. Die Frau von gestern Abend is ned dabei."

Arnsbach sagte nun nichts mehr. Marasek übernahm:

„Frau Milenkovic, die Jacke, die die Täterin ang´habt hat, was hat die für an Zip gehabt? Also ich meine, welche Farbe hat der Zip g´habt?"

„Der Zip…", überlegte Milenkovic kurz, „der hat ka b´sondere Farbe g´habt. Der war blau, so wie die Jacke."

„Und hat die Täterin Handschuhe tragen?"

„Na, keine Handschuhe."

„San Sie da sicher?"

„Ja, schon. Die hätt´ i ja g´sehen."

„Danke, Frau Milenkovic. Des war´s für heute. Sie können gehen. Aber bleiben´s für uns erreichbar."

Milenkovic verließ den Raum und Arnsbach rang mit ihrer Fassung: „Das gibt´s ja nicht. Das hat so sicher ausgesehen und jetzt zerrinnt uns alles zwischen den Fingern. Zuerst die Schmauchspuren und jetzt auch noch die Gegenüberstellung. Die Milenkovic macht beinhart eine Falschaussage nach der anderen, ohne auch nur mit der Wimper zu zucken…"

„Oder die Geringer war´s einfach doch nicht…"

„Geh bitte! Die war das. Du willst vielleicht nicht, dass sie es war, weil du auf sie stehst."

„Oder du bist eifersüchtig", provozierte Marasek lächelnd.

„Auf die Geringer? Na echt nicht!"

Aber Arnsbach wusste, dass Marasek nicht ganz Unrecht hatte. Marasek war nicht nur charmant, sondern auch echt gutaussehend. Fast 1,90 groß, dunkelblond, meist braungebrannt, aber nicht vom Solarium. Muskulös und sportlich. Hat früher in der Landesliga Fußball gespielt, jetzt Kampfsport und drei Mal pro Woche Fitnesscenter. Skifahrer und Paragleiter, Abo-Karte im Rapid-Stadion. Sehr erfolgreich bei Frauen. Meist war er sechs bis zwölf Monate mit einer zusammen, meist waren es jüngere attraktive Polizistinnen oder hübsche Frauen aus dem Fitnesscenter. Er hatte stets viele Angebote und musste sich nicht bemühen eine ins Bett zu kriegen. Die distanzierte Art von Arnsbach hatte ihn wohl herausgefordert und er hatte sie seit Jahren angeflirtet, wohl einfach, um zu sehen, ob er es schaffen konnte, sie rumzukriegen. Er war dabei nie eindeutig geworden und das Ganze war für beide irgendwie ein Spiel, seine lächelnden Untertöne ebenso wie ihre Unnahbarkeit. Sie war nie an ihm interessiert, er kam für sie nicht in Frage und das nicht nur, weil sie verlobt war. Sie betrachtete Marasek als Fußball-Proleten, der ein Leben führte, das nicht ihres war. Dennoch schmeichelte es ihr, dass der begehrte Marasek sich seit Jahren so speziell um sie bemühte. Und sie musste sich eingestehen, dass es ihr nicht gefiel, dass Marasek zum ersten Mal, seitdem sie ihn kannte, sich gegenüber einer anderen Frau auf die gleiche Weise verhielt, derselbe Ton, dasselbe Lächeln, dieselben Blicke.

Ja, sie war ein bisschen eifersüchtig auf diese Geringer, so viel Selbstreflexion hatte sie. Aber gegenüber Marasek würde sie das natürlich niemals zugeben.

Und deshalb wechselte sie das Thema: „Auch wenn wir keine positive Zeugenaussage und keine Schmauchspuren haben, gibt´s immer noch genug Indizien und wir haben auch noch einige andere Optionen! In einer halben Stunde treffen wir uns in deinem Büro und bereiten eine neue Vernehmung der Geringer vor. Bis dann."

Marasek wusste, dass die Suppe mittlerweile schon recht dünn war. Arnsbach verließ verärgert das Gebäude. Sie marschierte die Arnethgasse stadtauswärts, um sich die Beine zu vertreten, auszulüften und ihre Gedanken zu ordnen. Sie war weiterhin fest davon überzeugt, dass Geringer die Täterin war, und sie würde es beweisen.

8

Wie immer hatte Arnsbach der Spaziergang im Freien gut getan. Sie hatte ihre Fassung wiedergewonnen. Für ihre Hartnäckigkeit war sie all die Jahre beim LKA bekannt gewesen und jetzt erwachte auch ihr Ehrgeiz. Die legendäre hundertprozentige Aufklärungsquote, die sie in den letzten beiden Jahren in der Ermittlungsgruppe Mord in der Wattgasse hatte, wollte sie sich jetzt nicht in einem so öffentlichkeitswirksamen Fall versauen lassen.

Marasek wartete schon in seinem Büro und hatte sich gerade einen Smoothie genehmigt, als Arnsbach wieder eintraf. Die beiden waren ein eingespieltes Team und hatten sich schnell auf die Eckpunkte der zweiten Vernehmung von Geringer geeinigt: Nachfragen zu den Kleidungsstücken, Details zum angeblichen Besuch am Christkindlmarkt im Alten AKH, Hintergründe zur Person Jana Geringer und zu ihrem Verhältnis zu Angerer. Marasek sollte die Vernehmung führen und am Beginn des Gesprächs etliche persönliche Dinge ansprechen und vielleicht eine gewisse Öffnung der Verdächtigen erreichen. Arnsbach behielt sich lediglich vor, mit der einen oder anderen Zwischenfrage in die Vernehmung einzugreifen. Bevor es mit Geringer losging, schickte Marasek noch die Spurensicherung und Martin Vancura aus seinem Ermittlungsteam los, um sich schon einmal die Wohnung von Angerer vorzunehmen.

Als Arnsbach und Marasek dann im Vernehmungsraum eintrafen, war Geringer schon hingebracht worden. Marasek startete wie geplant: „Frau Geringer, wir werden in dieser zweiten Vernehmung auf einige Hintergründe zu sprechen kommen und wir wollen Sie auch besser kennenlernen, um uns ein Bild zu machen."

„Ah so, des heißt, ihr habt´s keine Spuren g´funden und wollt´s mi jetzt ausfratscheln", kommentierte Geringer gewohnt direkt.

„Oder wir wollen vorhandene Erkenntnisse absichern und einordnen können…"

„Ja genau," konterte Geringer ironisch.

„Bei dem einen Prozess haben Sie angeben, dass Ihr Mutter alleinerziehend war. Was war mit ihr´m Vater?"

„Mei Vater kommt ursprünglich aus an Dorf bei Waidhofen an der Ybbs. Als junger Mann hat er in den Böhlerwerken g´arbeitet. Bei an Streik 1973 war er a Rädelsführer und wie er dann a danach noch aufmüpfig war, ham´s ihn rausg´ekelt. Er is dann nach Wien, hat sie aber a da immer wieder mit Chefs ang´legt und a sonst oft Jobs g´schmissen. Er hat nie lang a Arbeit g´habt und hat dann a zum Saufen ang´fangen. Er war oft schlecht drauf, heut tät ma sagen, er war depressiv. Mei Mutter hat ihn zwar sehr geliebt, aber irgendwann hat's des nimmer ausg'halten. Sie hat ihn rausg'haut, wie i drei Jahr alt war. Des war schiach für mi, wie er gangen is, weil er war immer sehr lieb zu mir und da hat er so traurig g'schaut, i hab g'weint und genau g'spürt, dass des für immer is. Er dürft dann ziemlich abg'stürzt sein. I hab ihn nie mehr g'sehen. A bissl später is mei Stiefvater kommen; der hat an sicheren Job als Portier bei an Ministerium g'habt und er war a echtes Arschloch. I bin dann a schon mit 17 auszogen."

„Inwiefern a Arschloch?"

„Autoritär, einfach widerlich, wie er mit meiner Mutter und mir umgangen is."

„Und dann is mit Männer auch ned grad so perfekt weitergangen…"

„Des stimmt, aber deshalb daschieß i ned drei Typen, falls es auf des rauslaufen soll… und schon gar ned grad jetzt."

„Wieso besonders jetzt ned?", scherzte Marasek.

„Weil i jetzt zum ersten Mal in mein Leben mit an Mann zam bin, den ich wirklich liebe." Den letzten Halbsatz hatte Geringer in Hochdeutsch und in veränderter Tonlage gesagt; und sie setzte fort: „Der Armin is so liebevoll und so männlich gleichzeitig. I spür mit ihm so a tiefe Verbundenheit, er berührt meine Seele. Und i find's einfach toll, wie er mit sein Sohn umgeht. So an Vater hätt i mir immer g'wunschen. Zum ersten Mal in mein Leben bin i wirklich glücklich... deshalb besonders jetzt ned, dass i wen daschieß."

An dieser Stelle mischte sich Arnsbach in das Gespräch ein: „Und es stört Sie nicht, dass Ihr Partner ein Kind mit einer anderen hat."

„Nein", wurde Geringer umgehend einsilbig. War es, weil das Thema für sie heikel war oder weil sie auf Arnsbach sofort distanziert reagierte, fragte sich Marasek und bemühte sich, das Gespräch wieder an sich zu ziehen:

„Ham Sie selber nie a Kind haben wollen? Wollen Sie jetzt eins mim Herrn Angerer?"

„Früher hab i dafür ned den richtigen Partner g'habt. Mim Armin hätt i mir's schon vorstellen können. Aber i hab vor an Jahr rausg'funden, dass i ka Kind kriegen kann."

„Wie is es dann mit an fremden Kind?"

„Am Anfang war's gewöhnungsbedürftig, sicher... früher hätt i an Mann mit an Kind von aner andern ausg'schlossen und erst recht an Lehrer. Aber mittlerweile seh i es als Geschenk, dass i zeitweise mit an Kind leben kann. Und der Lukas is a dermaßen lieb. I hab ihn sehr gern und er mi."

Arnsbach konnte sich erneut nicht zurückhalten: „Das klingt ja alles sehr romantisch. Die Realität sieht doch so aus, dass Sie auch in dieser Beziehung wieder mit Gewalt zu tun haben. Der tolle Herr Angerer schlägt Sie offensichtlich, bindet Sie ans Bett…"

Und Geringer sprang sofort darauf an: „Du verklemmte Tussi hast doch ka Ahnung, was Leidenschaft is! Wahrscheinlich bist du mit irgendan Schnösel verheirat und ihr drehts beim monatlichen Sex des Licht ab…"

Bevor die Verdächtige noch mehr in Fahrt geriet, schritt Marasek ein: „Das Sexualleben meiner Kollegin tut ja jetzt nix zur Sache."

„Und mein´s scho?", gab Geringer zurück.

„In gewisser Weise vielleicht. Jedenfalls müss ma uns a Bild machen und wir haben in ihrer Wohnung a Kuvert mit Fotos g´funden…"

„Ham´s dich geil g´macht?"

„Bitte Frau Geringer, hör´n ´s jetzt auf. I will mi ned mit Ihnen fetzen, ich mach da nur mei Arbeit."

„A schöne Arbeit is des, in die privaten Sachen von andere Leut´ stirln…"

„Des is in die meisten Fälle ka Vergnügen, des können´s mir glauben. Und bei an Mord müss ma alles untersuchen, damit ma dann sicher sagen können, der war's oder der war's ned."

„Wieso überhaupt Mord? Die drei Afghanen ham die Frau angriffen und die hat si verteidigt... also Notwehr!"

„Aber ned, wenn aner von die drei vor die Schüsse scho ziemlich K.O. war und a andrer überhaupt scho auf der Flucht. Aber zurück zu meiner Frage: Die Fotos deuten auf Gewalt in ihrem Sexualleben. Haben Sie sich mit der Angerer nicht doch wieder einen Typen gesucht, der auf sowas steht? Machen Sie mit, damit Sie ihn halten?"

„Du hast ja a ned mehr Ahnung als dei Chefin! I erklär dir jetzt amal was: Des mit die Bänder hamma im ersten Jahr von unserer Beziehung zwei oder drei Mal ausprobiert... i hab des vorg'schlagen und ihn erst dazu überreden müssen. Für mi war des irgendwie a Symbol dafür, dass i mi dem Armin komplett ausliefer und ihm komplett vertrau. Und wenn er mir auf den Hintern g'schlagen hat, hat mi des sehr geil g'macht... i hab bei jedem Schlag all sei Leidenschaft und sei Liebe g'spürt. Wir haben des lang nimmer g'macht, aber i mag es, beim Sex von ihm dominiert zu wer'n. Und a wenn er da über mir ist, mi packt und zurechtlegt und dann in mi reinstoßt, da bin i ganz offen, da durchströmt mi a Schauer von Emotionen und Erregung. Es fühlt si an, als tät ma verschmelzen. Des is so einzigartig, i hab des nie zuvor in mein Leben g´spürt. Es is a unbeschreibliche Mischung aus Geilheit und Liebe. Wenn ihr glaubt´s, dass des a nur irgendwas mit Gewalt und sexueller Belästigung zum Tun hat, dann seid´s ihr echt vertrottelt."

Die beiden Ermittler waren nun etwas sprachlos. Marasek war sichtlich beeindruckt von dieser Deklaration. Vermutlich fand er die Geringer jetzt noch verlockender, dachte Arnsbach. Aber auch sie selbst war fasziniert von dem, was die Verdächtige gerade gesagt hatte. Und ja, sie war neidisch auf diese Intensität, die die Geringer da offenbar spürte und lebte. Seltsamerweise reizte sie das aber nicht zu einer schärferen Vernehmung, sondern sie empfand zum ersten Mal eine gewisse Sympathie für die Verdächtige. Nach einer Pause, die Arnsbach lang vorkam, die aber sicherlich nur drei oder vier Sekunden gedauert hatte, stellte Marasek fragend in den Raum:

„Das klingt nach einer perfekten Beziehung…"

„A perfekte Beziehung gibt´s ned, des wissen´s ja sicher selber. Und klar ham der Armin und i a unsere Wickl, aber trotzdem is wunderschön mit ihm."

„Worum geht´s bei die Wickl?"

„I bin halt oft eifersüchtig."

„Ham Sie Grund dazu?"

„Nein, aber i hab in frühere Beziehungen schlechte Erfahrungen g´macht."

„Aber am Armin ham Sie nix auszusetzen?"

„Naja, er is leicht gekränkt und dann kann er ganz schön ungut sein. Aber insgesamt is er a toller Mann."

Marasek glaubte von Geringers Beziehung ein ausreichendes Bild zu haben, auch für die spätere Vernehmung von Angerer. Er wandte sich nun wieder den Hard Facts des Kriminalfalles zu:

„Na gut, Frau Geringer, bei der Hausdurchsuchung is uns aufg´fallen, dass Sie von etlichen Kleidungsstücken zwei Stück haben. Wieso?"

„Anders als die meisten Frauen geh i red gern Shoppen. Und wenn i irgendwas super find, dann kauf i öfter amal glei zwei Stück, weil i dann eins in Reserve hab und i nix Neues suchen muss."

„Wir haben bei Ihnen a Rechnung über zwei Paar der Sportschuhe g´funden, die sie heute und gestern ang´habt haben. Wo is des zweite Paar?"

„Des erste Paar war scho hin, des hab i vor a paar Monat wegg´haut. Seitdem hab i dann eben des zweite verwendet."

„Und von dem blauen Anorak, wo is da der zweite?", versuchte Marasek sein Glück und wartete gespannt, wie Geringer reagieren würde. Die aber sagte in aller Ruhe, „der is ma letztes Frühjahr auf aner Skihütt´n g´stohlen worden."

„Wo war das?"

„In Obertauern."

„Auf welcher Hütt´n? Seid´s draußen oder drinnen g´sessen?"

„Auf der Hochalm-Hütt´n. Wir san draußen g´sessen, weil´s schön sonnig war. Trotzdem war´s dann saukalt beim Runterfahren ohne Jack´n. Der Armin hat ma dann seine geben."

„Wir haben für den Anorak ka Rechnung g´funden…"

„Die hat damals der Armin zahlt. Da werd´s a ka Rechnung finden, der hebt´s ned auf. Jedenfalls kannst jetzt ruhig zugeben, dass ihr auf mein G´wand kane Spuren g´funden habt´s, weil sonst tät euch des mit´n Anorak ned so interessieren."

Geringer lehnte sich mit einem zufriedenen Lächeln zurück. Arnsbach fand die Geschichten mit Anorak und Schuhen in dieser Kombination unglaubwürdig, aber möglich war das. Wenn der Angerer dieselbe Aussage machen sollte, dann würde die Kleidungsstücke für eine Anklage nichts bringen. Also bohrte sie bezüglich einiger Details nach, um mehr Stoff für Widersprüche in den Angaben der beiden zu haben:

„Frau Geringer, wo hat denn der Herr Angerer die Anoraks für Sie gekauft? Und wie hat die Jacke ausgesehen, die er Ihnen dann für die Abfahrt geborgt hat?"

„Kauft hamma die Anoraks beim Intersport im Auhofcenter im Ausverkauf letzten Winter. Und die Skijack´n vom Armin is schwarz mit a bissl grün und weiß. Er hat die no, die wer´n ´s in sein Kasten finden."

„Komma zum Christkindlmarkt im Alten AKH", übernahm Marasek wieder die Vernehmung. „Wer von euch zwei hat was getrunken? Bei welchen Standln wart´s ihr? Über was habt´s ihr g´redet?"

„Aha, des wollt´s jetzt so genau wissen, damit´s dann schauen könnt´s, ob da Armin des Gleiche sagt… aber des wird euch a nix helfen."

„Wieso? Weil Sie alles so genau abgesprochen haben?"

„Nein, weil wir dort waren und wir beide ned Alzheimer ham."

„Dann beantworten´s bitte die Fragen!"

„Orientierungsmäßig bin i ja ned so gut, aber wir war´n bei zwei Punschstandln. Die Standl war´n weiter hinten, also von der Alserstraß´n aus g´sehen. I hab zwei Glühwein trunken und der Armin zwei Punsch ohne Alkohol, jeweils an bei an

Standl. G´redet hamma, was ma in die Weihnachtsferien machen. Und i hab ihm von dem depperten Meeting bei uns in der Firma erzählt. Er hat dann a g´sagt, dass er mi später daheim orndlich ficken wird und ich bin scho beim Gedanken dran ganz feucht g´worden."

Arnsbach hatte den Eindruck, dass sich Geringer mittlerweile einen Spaß daraus machte, Marasek auf dieser Ebene zu verwirren. Und es war dem sonst coolen LKA-Typen anzusehen, dass das auch funktionierte… und das gerade bei Reinhard, der sie sonst immer auf eine solche Art herausforderte, lächelte Arnsbach innerlich. Hatte der gute Reinhard in Geringer seine Meisterin gefunden? Aber vielleicht wollte Geringer auch sie, Arnsbach, auf diese Weise weiter provozieren!?

„Welche Farben haben die Heferln gehabt? Was für eine Kopfbedeckung hat der Herr Angerer getragen?", setzte Arnsbach trocken nach.

„Die Heferln san im Alten AKH alle weiß mit so an Weihnachtsmuster drauf. Und der Armin hat a graue Fleece-Haub´n aufg´habt."

„Und wie sind Sie heimgefahren?"

„Mim Auto vom Armin."

„Das wo geparkt war?"

„In so einer kleinen Seitengasse, relativ weit zum Gehen."

Auch die zweite Vernehmung von Geringer hatte nichts Greifbares gebracht; das war den beiden Ermittlern sonnenklar. Blieben nur noch einige organisatorische Dinge abzuklären, was Marasek übernahm:

„Wir haben Ihren Laptop mitg´nommen. A Zugang kriegen unsere Spezialisten sowieso. Wenn´s uns Ihr Passwort sagen, kömma des beschleunigen…"

„Na sicher ned, da könnt´s euch selber plagen."

„I hab glaubt, sie ham nix zu verbergen! Is da doch was Belastendes drauf?"

„Nein, aber no a paar intime Fotos in der Art, die ihr schon kennt´s. Die san privat und die geb i euch ned freiwillig."

„Alles klar. Bis morgen werma wahrscheinlich eh drin sein. Was anderes: Sie bleiben bis auf Weiteres bei uns hier im Kommissariat in Haft. Wer soll Ihnen frische Kleidung und Hygieneartikel bringen? Der Herr Angerer?"

„Nein, beim Armin is heut der Lukas. Mei Mutter soll mir des bringen, die hat an Schlüssel von meiner Wohnung und der Armin hat ihr sicher schon g´sagt, was ihr da treibt´s."

„Ihr Mutter kann ned allein in ihr Wohnung; die is polizeilich versiegelt. Aber a Beamter wird mit ihr hingehen."

Marasek teilte Hoffer von seiner Ermittlungsgruppe dafür ein. Er sollte mit Geringers Mutter auch gleich ein bisschen plaudern und sehen, ob von ihr irgendwelche brauchbaren Informationen rauszubekommen waren.

9

Schon etwas müde und frustriert machten sich Marasek und seine Vorgesetzte kurz vor 18 Uhr auf den Weg in die Kleingartensiedlung, in der Angerer wohnte. Sie fuhren mit Maraseks Dienstwagen die Johann-Staud-Gasse hinauf, bogen kurz vor dem Heurigen „Blaue Nas´n" links hinein zur Kleingartensiedlung und parkten schließlich vor dem Schutzhaus „Waidäcker".

Schnell hatte Marasek, der in Ottakring aufgewachsen war und die Gegend wie seine Westentasche kannte, den richtigen Gang gefunden, auf dem man zu Fuß zu Angerers Haus gelangte. Es sind kleine Grundstücke in dieser Kleingartensiedlung, 250 Quadratmeter in etwa. Auf manchen stehen noch die alten Schrebergartenhütten. Auf vielen wurden aber in den letzten zwei Jahrzehnten nach dem neuen Baugesetz kleine winterfeste Häuser errichtet, mit Erdgeschoß und 1. Stock, dazu noch ein Keller. Eines davon gehörte Angerer, ein weißes modernes Haus mit großen Fenstern, im Garten etliche Obstbäume, ein großes Gemüsebeet und eine Sandkiste.

Sie traten in das Haus ein. Die untere Ebene bestand überwiegend aus einem sehr großen Wohn-Ess-Raum, der in eine offene Küche überging. Es gab einen großen Esstisch und Sitzbänke rundherum, alles aus hellem Holz, eine große hellgraue Couch, weiße Wände mit bunten Kinderzeichnungen und zahlreichen Fotos. Schon ordentlich, aber es lagen auch einige Bücher und Kinderspielzeug herum. Insgesamt machte die Wohnung einen gemütlichen und warmen Eindruck, der vom Feuer im Schwedenofen verstärkt wurde. Angerer lehnte am Rahmen der großen Schiebtür, die zu Terrasse und Garten führt, und beobachtete die Aktivitäten der Beamten. Die Hausdurchsuchung war fast abgeschlossen.

Marasek und Arnsbach gingen mit Hartl und Vancura hinaus in den Garten, um sich über die bisherigen Erkenntnisse zu informieren, ohne dass Angerer mithören konnte. Die Resultate waren mehr als mager. Angerer hatte nach Eintreffen der Polizei seinem Sohn, der einen ziemlich aufgeweckten Eindruck machte, erklärt, dass er „der Polizei helfen" müsse, „einen Verbrecher zu finden". Danach hatte er ihn zu einer befreundeten Familie gebracht, die drei Gärten weiter wohnte. Die Spurensicherung hatte keinerlei Blut- oder Schmauchspuren gefunden. In einem Kasten im Schlafzimmer im Obergeschoss gab es zwar etliche weibliche Kleidungsstücke, die laut Angerer Geringer gehörten, aber der gesuchte Anorak und die Sportschuhe waren nicht darunter, stattdessen andere leichte Bergschuhe einer Frau. Die einzigen Waffen im Haus waren ein hölzernes Schwert und Pfeil & Bogen, die offensichtlich dem 6-jährigen Lukas zuzuordnen waren. Auch sonst war nichts Verdächtiges oder Auffälliges gefunden worden, nicht einmal weitere pornografische Fotos.

Klarerweise hatte Angerer in den Abend- oder Morgenstunden genug Zeit gehabt, problematische Dinge verschwinden zu lassen. Nach eigenen Angaben hatte er von 8 Uhr bis 13 Uhr 40 unterrichtet, danach seinen Sohn aus dem Kindergarten geholt und war mit ihm in den Garten gefahren. Die Spurensicherung und Vancura nahmen sich, mit leistungsstarken Taschenlampen ausgerüstet, jetzt noch den Garten und den Geräteschuppen vor. Arnsbach und Marasek setzten sich mit Angerer im Wohnzimmer zur Vernehmung zusammen.

Armin Angerer war knapp 1,80 groß, hatte mittelblondes, an den Schläfen bereits etwas grau meliertes kurzes Haar und auffallend blaue Augen. Seine Jeans waren ausgewaschen und hatten bereits einige rissige Stellen, das marineblaue T-Shirt mit weißer Aufschrift lag eng an seinem offensichtlich recht trainierten Körper an. Sein kantiges Gesicht passte zu seiner ausgesprochen tiefen männlichen Stimme. Arnsbach wusste, dass Marasek natürlich auch den Rapid-Schal im Vorzimmer hängen sehen hat, dennoch war sie über die Gesprächseröffnung überrascht:

„Herr Angerer, ham´s a a Abo im neuen Weststadion?"

„Ja, hab ich, mit meinem Sohn im Familiensektor."

„I sitz auch auf der neuen Ost. Ganz früher war i im Fansektor, aber als Kieberer passt des ned. Wie taugt Ihnen des neue Stadion im Vergleich zum Hanappi?"

Und dann begannen sich die beiden allen Ernstes über die Vor- und Nachteile der beiden Stadien, den besseren Schutz gegen den Westwind, die tolle neue Fantribüne, die Enge in den Bereichen unter den Tribünen, die „ungustiös" zahlreichen Business-Logen und die schwachen Leistungen der Mannschaft zu unterhalten. Arnsbach wusste nicht recht, wie sie das finden sollte. Einerseits konnte es ein geschickter Schachzug sein, um mit dem Partner der Verdächtigen ein Vertrauensverhältnis aufzubauen. Andererseits wusste sie, dass Marasek so tickte, dass bei ihm sofort eine Fraternisierung eintrat, wenn er auf einen anderen Rapidler traf. Ihr schien das hochgradig irrational und es passt nicht zu dem Polizisten, der sonst so straight und cool war. Dennoch musste sie damit rechnen, der Marasek gegenüber Angerer nicht die Härte an den Tag legen würde, die er sonst gerade gegenüber Männern entwickelte, die entweder attraktivitätsmäßig in seiner Liga spielten oder die gesellschaftlich irgendwie „höher gestellt" waren. Diesen männlichen Konkurrenzkampf Maraseks hatte Arnsbach gehofft gegen Angerer einsetzen zu können. Jetzt musste sie damit rechnen, dass das nicht wirklich funktionierte und sie wieder, wie schon bei Geringer, den Bad Cop geben musste. Sie wollte Marasek aber vorerst eine Chance geben.

Nachdem dieser herausgefunden hatte, dass auch Geringer schon mit ihrem Freund gemeinsam im Stadion war, ging er endlich zum Thema über: „Wie lang san Sie denn scho mit der Frau Geringer zam?"

„Fast drei Jahre."

„Sie ist von ihrer Beziehung ziemlich begeistert und sagt, dass sie sie sehr liebt…"

„Das beruht auf Gegenseitigkeit."

„Sie berichtet von einer sehr tollen Sexualität…"

„Das stimmt. Ich hab noch nie eine Frau mit einer derartigen Leidenschaft, Emotionalität und sexueller Hingabe erlebt. Mit ihr zu schlafen ist eine unbeschreibliche Wucht… und das hat in den drei Jahren um nichts abgenommen. Es gibt da eine ganz spezielle Chemie zwischen uns. Jedes einzelne Mal bin ich überwältigt davon. Und sie riecht auch unglaublich gut."

„Konflikte habt´s ihr keine? Is sie so perfekt, die Frau Geringer?"

„Klar gibt´s auch Konflikte. Die Jana ist ein sehr emotionaler Mensch, das kann manchmal auch schwierig sein, aber meistens ist es wunderschön, so starke Liebe entgegengebracht zu bekommen."

Arnsbach war irgendwie beeindruckt davon, dass auch ein Mann dermaßen ins Schwärmen geriet. Und ja, der Angerer hatte eine ziemlich männliche Ausstrahlung. Weiter kamen Arnsbachs Gedanken nicht, denn Marasek fragte weiter:

„Wir haben in der Wohnung ihrer Freundin Fotos gefunden, auf denen sie angebunden ist und vermutlich auf den Hintern geschlagen wurde... macht es Ihnen Spaß, ihre Partnerin zu schlagen?"

„Naja... ich hab in meinem Leben noch nie eine Frau geschlagen. Und auch bei diesen Spielchen hab ich mir das am Anfang nicht vorstellen können. Sie hat mich dann dazu überredet, es war zuerst ziemlich gewöhnungsbedürftig, aber hab ich schon gewissen Geschmack daran gefunden, vor allem hat es mich angemacht, wie sie davon heiß geworden ist. Typisch für unsere Sexualität ist das aber nicht. Und auch unser alltäglicher Umgang ist sehr zärtlich."

„Hmm... Frau Geringer hat ja eine ziemliche Vorgeschichte mit Männern und Gewalt."

„Ja, aber in ganz anderer Weise."

„Was wissen Sie darüber?"

„Ich weiß, dass sie von einem früheren Partner in St. Pölten überfallen worden ist und es dann einen Notwehrprozess gegeben hat; darüber sind Sie vermutlich informiert…" Marasek nickte und Angerer setzte fort: „Vor zwei Jahren ist sie in der U-Bahn von drei jungen Türken belästigt und bedroht worden. Wissen Sie das auch?"

„Ja, wir haben den Akt. Gab´s noch weitere Vorfälle?"

„In der katholischen Handelsschule, in die sie gegangen ist, war der Pfarrer offenbar ziemlich anlassig… im Sinne von auf die Brüste starren, den Arm um die Schulter legen und bei einem Gespräch ihre Hand nehmen, glaub ich. Und dann bei ihrer ersten Firma, das war irgendein amerikanischer Konzern, hat sie einer von den Managern vergewaltigt. Das war nach einer Feier in der Abteilung. Die Jana und dieser Manager waren die letzten dort und beide schon betrunken. Da ist es dann auf einem Büroschreibtisch dazu gekommen."

„Gab´s da ka Anzeige?"

„Nein, das hat sich die Jana nicht getraut. Die war erst ein bisschen über 20 und hat Angst gehabt, dass sie ihren Job verliert, weil ja Aussage gegen Aussage gestanden wäre. Und sie hat sich auch teilweise selbst die Schuld gegeben, weil sie und eine Kollegin davor am Tisch getanzt und sich einen Spaß daraus gemacht haben, den Typen heiß zu machen… und weil sie so blöd war, dann noch zu bleiben, nachdem die Kollegin und die anderen weg waren. Das einzige, was sie gemacht hat, war, dass sie der Frau von dem Typen geschrieben hat, was der gemacht hat. Der hat dann daheim offenbar einen ziemlichen Krieg gehabt und hat der Jana gedroht, dass er sie mit Anwälten fertig macht, wenn sie seine Frau noch einmal kontaktiert. Er wollte sie auch aus der Firma rauswerfen lassen, aber der oberste Chef hat da nicht mitgespielt und sie ist nur in eine andere Abteilung versetzt worden."

„Na servas. Da kann ma scho a Wut kriegen… Hat sie amal Probleme mit Flüchtlingen gehabt?"

„Nicht, dass ich wüsste." Bei dieser Antwort hatte Arnsbach das erste Mal das Gefühl, dass Angerer nicht die Wahrheit sagte. Begründen konnte sie das nicht, aber es wäre ja auch nachvollziehbar, wenn Angerer einen Vorfall in diese Richtung nicht ausbreiten würde, um kein Motiv gegenüber Flüchtlingen nahezulegen. Marasek wechselte das Thema:

„Herr Angerer, sie kommen aus Bruck an der Mur. Steirisch reden´s ja gar ned!? Was hat sie denn nach Wien verschlagen?"

„Ich hab hier studiert und bin dann da hängen blieben. Den Dialekt hab ich mir auf der Uni und in der Schule mit der Zeit abgewöhnt."

„Wir haben uns ihr SMS-Kommunikation ang´sehen. Mit der Mutter ihres Sohnes haben´s ja nicht grad das beste Verhältnis!?"

„Das würde ich nicht so sagen. Die meiste Zeit kommen wir gut miteinander aus und die ganzen organisatorischen Dinge funktionieren auch ganz gut. Vor ein paar Monaten hatten wir halt eine Auseinandersetzung, weil ich wollte, dass der Lukas öfter bei mir übernachten kann."

„Wie ist das dann ausgegangen?"

„Natürlich sitzt sie als Mutter rechtlich am längeren Ast. Deshalb hab ich mich mit kleinen Zugeständnissen ihrerseits zufrieden geben müssen."

„Die Frau Geringer sagt, dass sie ein so toller Vater sind…"

„Ich weiß, dass sie das so sieht, und es freut mich. Ich geb mir auch Mühe, ein guter Vater zu sein. Ich bin sehr gerne Vater, ich beschäftige mich viel mit dem Lukas und unternehme viel mit ihm."

„Warum hat es denn mit seiner Mutter nicht geklappt?"

„Als Paar hat das einfach nicht funktioniert. Aber sie ist dem Lukas eine liebevolle Mutter und hält sich an Dinge, die wir vereinbaren. Beides schätze ich sehr."

„War die Jana Geringer der Grund für die Trennung?"

„Nein, von der Mutter vom Lukas war ich schon getrennt, wo er etwa ein Jahr alt war. Aber wir waren auch vor der Schwangerschaft noch nicht lange zusammen gewesen. Natürlich hätte ich mir ein Kind in einer glücklichen Partnerschaft gewünscht und hab dann schon gehadert, dass das anders gekommen ist. Aber wie ich dann die Jana kennengelernt hab, hat mir das wieder so viel Lebensfreude gegeben. Und es ist ja auch für den Lukas gut, dass sein Vater ein glücklicher Mensch ist. Und der Lukas und die Jana haben sich auch sehr gern und sie haben viel Spaß miteinander… die Jana kann ja auch sehr kindisch sein, im positiven Sinn."

Nun übernahm Arnsbach: „Sie wissen, dass ihre Freundin unter Mordverdacht steht. Sie behauptet, dass sie zur fraglichen Zeit mit Ihnen unterwegs war. Wir gehen davon aus, dass Sie ihr ein Alibi geben… was können Sie uns zum gestrigen Abend sagen?"

Und dann bestätigte Angerer Punkt für Punkt die Angaben von Geringer, was die Punschstände, die Getränke, die Gesprächsthemen, seine Kopfbedeckung, die Aufbruchszeit und den Parkort angeht. Lediglich an die Farbe der Punschheferln konnte er sich „nicht erinnern". Arnsbach dachte sich, dass er diesen Aspekt vielleicht nicht mit Geringer ausgemacht hatte – oder er konnte sich daran vielleicht wirklich nicht erinnern, Männer haben für sowas oft einfach keinen Blick. Aber Männer haben oft ein Faible für Autos und technische Ausstattungen von Autos, überlegte Arnsbach.

„Herr Angerer, was haben Sie denn für ein Auto? Hat das ein Navi?"

„Ich hab einen alten Golf, Baujahr 2001. Und ein Navi ist meiner Meinung nach nur was für Leute, die keinen Orientierungssinn haben."

Puh, dachte Arnsbach, das ist ja echt ein Hinterwäldler. Wieder nichts, was der Ermittlung weiterhilft.

„Ganz schön altmodisch, Herr Angerer. Aber wie war das mit dem Handy ihrer Lebensgefährtin?"

„Wie wir daheim waren, wollte sie ihrer Mutter ein Gute-Nacht-SMS schreiben. Da hat sie gemerkt, dass das Handy weg ist. Wir haben dann überall gesucht, aber wir haben es nicht gefunden. Sie hat es dann von meinem Handy aus sperren lassen. Eine Diebstahlanzeige wollte sie heute nach der Arbeit machen, aber dazu ist sie ja nicht mehr gekommen."

„Und Ihr Handy Herr Angerer? Laut den Daten von Ihrem Mobilfunkanbieter war es an diesem Abend durchgehend hier, im Bereich Ihres Hauses. Das könnte ein Hinweis darauf sein, dass Sie hier waren und nicht im Alten AKH."

„Wieso, mein Handy war hier und ich dort. Ich nehm das Ding nur mit, wenn ich es wirklich brauche. Ich mag das nicht, dauernd erreichbar sein zu müssen."

Arnsbach, die ihr Handy rund um die Uhr in Griffweite hatte, war langsam genervt von diesem Angerer: „Sie wissen schon, dass ein falsches Alibi zu geben strafbar ist. Sie können dafür ins Gefängnis gehen. Wenn Zeugen hier in der Siedlung aussagen, dass Frau Geringer gestern hier schon gegen 20 Uhr aufgetaucht ist, oder wenn Zeugen aus der Straßenbahn sie erkennen, dann sitzen Sie für ein paar Jahre hinter Gittern, dann können Sie Ihrem Sohn kein guter Vater mehr sein. Und bei ihrer Schule und beim Familiengericht wird das auch nicht so gut kommen."

Arnsbach hatte im Augenwinkel Marasek angesehen, dass ihm diese Gangart nicht gefiel. Angerer zögerte etwas mit einer Antwort und sagte dann ziemlich bestimmt:

„Und bei mir kommt es nicht so gut, dass Sie mir und meinem Sohn drohen. Ich habe kein falsches Alibi gegeben. Und nur weil Sie eine Schuldige brauchen für Ihren Fall und weil Ihnen die Jana da ins Visier geraten ist, werd ich sicher nicht das sagen, was Sie hören wollen - damit würd ich nämlich eine Falschaussage machen. Und ich würd die Frau verraten, die ich liebe und die mir vertraut. Ich könnte meinem Sohn mein Leben lang nicht mehr ins Gesicht sehen und mich selber nicht mehr in den Spiegel schauen. Ich möchte, dass Sie jetzt mein Haus verlassen. Ich will jetzt meinen Sohn zum Abendessen holen, ihm zu der ganzen Sache da noch was sagen können und ihn dann ins Bett bringen."

Marasek versuchte die Situation zu retten: „Wir lassen Sie gleich in Ruh. I möcht Ihnen nur noch zwei oder drei kurze Fragen stellen. Des is a für Sie g´scheiter, weil sonst müss ma Sie für morgen ins Kommissariat vorladen, und so ham Sie es in a paar Minuten erledigt." Angerer willigte ein und bestätigte Geringers Angaben zu ihren Sportschuhen und zum Kauf und Verlust des blitzblauen Anoraks.

Als Arnsbach und Marasek gegen 19 Uhr das Haus verließen, hatten die Beamten im Garten auch gerade ihre Arbeit beendet. Es war ihnen nichts Nennenswertes untergekommen. Marasek teilte noch Vancura ein, um die Nachbarn zu fragen, ob sie bemerkt hätten, wann Geringer und Angerer gestern nach Hause gekommen seien, ab wann Licht gebrannt hätte etc. Arnsbach ging schweigend mit zu Maraseks Auto. Auf der Rückfahrt sagte die LKA-Leiterin: „Ich seh, dass dir was nicht passt."

„Ja. Diese Drohung hat mir ned taugt. Der Angerer ist doch ziemlich OK."

„Na genau! Weil er auch so ein Rapid-Fan ist... oder wie? Da setzt bei dir natürlich gleich die Verbrüderung ein! Hättest ja noch mit ihm auf ein Bier gehen können!"

„Hör jetzt bitte auf mit dem Scheiß! Ja, i find's sympathisch, dass er a Rapidler ist. Aber unabhängig davon is des a anständiger Kerl. Der is lieb zu sein Buam und loyal zu seiner Partnerin. Die Sexspielchen von die zwei ändern nix dran, dass die a sehr schöne Beziehung ham. Viel Leut können si sowas nur wünschen, einschließlich mir... und für di musst du es ja selber wissen."

„Wir müssen ja nicht alles als bare Münze nehmen, was die zwei uns erzählen. Die Probleme haben sie kleingeredet und den Rest idealisiert. Vielleicht wollten die uns ganz bewusst ein bestimmtes Bild zeichnen, damit es unrealistisch erscheint, dass die Geringer mit Morden eine so schöne Beziehung aufs Spiel setzt."

„I nehm nie was als bare Münze, was uns irgendwer erzählt. Aber es is a normal, dass Leut ihre Beziehungsprobleme vor der Kieberei ned auswalzen. Und des Positive, was erzählt haben, des war ka Show, des war echt... des hat ma spüren können und i glaub, dass du des a g´spürt hast. Jedenfalls is es alles andere als eindeutig, dass die Geringer des war. Sie hat a Alibi, die wichtigste

Zeugin sagt, sie war's ned, wir ham keine brauchbaren Spuren. Von dem Verdacht is do nix mehr über außer Vermutungen."

Arnsbach hatte nach diesem langen Tag keine Kraft mehr für weiteren Streit mit Marasek. Sie wollte ihre Arbeit konsequent machen, aber sie fand Angerer ja auch sympathisch. Und sie war sich in diesem Fall auch keineswegs mehr ganz so sicher. Aber wer war es dann? Sie hatten sonst keine Spur.

Nachdem sie sich einige Minuten angeschwiegen hatten, sagte Marasek: „Ich schick dann noch den Peter los, der soll mit die Fotos von der Geringer und dem Angerer die Standler im Alten AKH fragen, ob die zwei gestern dort waren. Muss natürlich nix heißen, weil bei dem Gedränge und der Hektik beim Ausschenken wer'n si di ned an alle Leut erinnern. Und dann teil i no wen aus der Ermittlungsgruppe ein, dass er über die Nacht des Videomaterial no amal genau durchschaut, ob da gestern Abend no andere Leut mit blitzblaue Anoraks am Schottentor waren."

Arnsbach hatte weder Einwände noch weitere Vorschläge. Sie war einfach müde und wollte nach Hause. Marasek fuhr sie in die Josefstadt. Mit seinem charmanten Lächeln wünschte er ihr eine gute Nacht und Arnsbach freute sich über dieses Lächeln mehr, als sie das früher tat.

10

Marasek hatte angekündigt, noch für eine Stunde ins Fitnesscenter zu fahren. Wahrscheinlich hatte er dort wieder eine junge Trainingskollegin an der Angel, dachte Arnsbach, als sie mit dem Lift in ihre Dachgeschoßwohnung fuhr. Ihr Verlobter war wie so oft tief versunken in seinen Computerspielen. Mehr als ein knappes Hallo war von ihm nicht zu bekommen.

Arnsbach ging schnell in die Dusche und ließ übermäßig lange das heiße Wasser über ihren Körper rinnen. Obwohl ihr klar war, dass ihr Verlobter sicherlich wieder bis nach Mitternacht vorm PC sitzen und dann „todmüde" ins Bett schleichen würde, rasierte sie ihre Beine und ihre Intimzone besonders gründlich. Sie wollte sich selbst sexy finden, wenn sie es sich später alleine im Bett selbst besorgen würde.

Vorerst aber öffnete Sophie Arnsbach in der großen, perfekt ausgestatteten Küche, in der fast nie gekocht wurde, den Kühlschrank und stellte fest, dass wieder einmal fast nichts mehr da war. Resigniert machte sie sich einen Schinken-Käse-Toast, setzte sich damit auf die teure Couch im Wohnzimmer und schaltete den Fernseher ein. Sie würde sich nun die ZIB 20 und die ATV-Nachrichten ansehen und danach auf ihrem Laptop diverse Homepages der Tageszeitungen öffnen, um zu sehen, was sich in der Öffentlichkeit in Bezug auf ihren Mordfall tat.

Am nächsten Morgen war Arnsbach überpünktlich zum vereinbarten Treffpunkt um 8 Uhr in Maraseks Büro erschienen. Er war schon da und wirkte topfit, woraus Arnsbach schloss, dass es gestern Abend nicht allzu spät geworden war. Nacheinander trafen Hartl sowie Hoffer und Vancura ein. Wie üblich übernahm Marasek das Kommando:

„Martin, fang du amal an. Was is gestern bei die Nachbarn vom Angerer no rauskommen?"

„Nix wirklich Brauchbares. Niemand hat g´sehen, wie der Angerer oder die Geringer heimkommen san. A Nachbarin hat zwar ausg´sagt, dass beim Angerer des Licht schon am früheren Abend brennt hat. Aber des sagt offenbar nix, weil etliche Leut in der Siedlung a Licht aufdreht lassen, wenn´s weggehen, wegen die Einbrecher. Der Angerer macht des angeblich a so."

„Naja, warad eh a Masl g´wesen, wenn da zufällig grad wer aus´m Fenster g´schaut hätt, wie die heimkommen. Und, Peter, was war mit die Nachbarn von der Geringer und mit die Standler?"

„Die Nachbarn von der Geringer glauben, dass sie gestern Abend ned daheim war, weil sie nix g´hört haben, was sonst angeblich scho der Fall ist. Und was die Standler betrifft: I hab allen im hinteren Bereich die Fotos zeigt. Erinnern hat si kaner können. Die sagen natürlich selber, dass sie jeden Abend an hunderte Leut ausschenken und si kaum wen merken. Aber a definitive Entlastung für die Verdächtige hamma ned."

„Und warst du vorher no mit der Mutter von der Geringer in der Wohnung?"

„Ja, ich war mit ihr des Gwand holen und hab's nachher in einer Tasch'n der Geringer in die Zelle bracht."

„Was kannst uns über die Mutter sagen?"

„Die is Anfang 70, aber eh no ganz gut beinand. War früher Verkäuferin in an Möbelhaus und hat ma erzählt, dass sie g'schaut hat, dass ihr Tochter im Büro arbeitet und si die beschissenen Arbeitszeiten im Verkauf da'spart. Sonst is die Mutter vielleicht a bissl naiv und natürlich völlig aufgeregt, dass ihr Tochter unter Verdacht steht und in Haft is. Sie hat ma hundert Mal versichert, dass wir uns täuschen und ihr Tochter sowas niemals tun würd und so weiter. Und sie hat g'sagt, dass vorgestern Abend ka Besuch von ihrer Tochter bei ihr geplant war. Anders als die Geringer is ihr Mutter eher unterwürfig gegenüber der Polizei."

„Wie's in der Generation halt meistens is. Gute alte Zeit", grinste Marasek und fragte nach: „Hast sie zum Leben von ihrer Tochter befragt? Irgendwelche Infos, von denen wir noch nichts wissen?"

„I hab des G´fühl, dass die etliches aus´m Leben von ihrer Tochter ned weiß. Was sie scho g´sagt hat, dass sie ihr Tochter no nie so glücklich erlebt hat, wie seit sie mim Angerer zam is. Und i hab´s dann no g´fragt, ob ihr Tochter irgendwelche schlechten Erfahrungen mit Flüchtlingen oder Ausländern g´macht hat."

„Ja und?", drängte Arnsbach.

„Vor etlichen Monaten is die Geringer offenbar in der U-Bahn von Flüchtlinge g´fragt wor´n, ob sie ‚ficken' will. Sie hat des angeblich ignoriert und die ham´s dann eh in Ruh lassen."

„Davon ist der Angerer sicher auch informiert. Das hat er uns absichtlich verschwiegen, um den Verdacht von ihr abzulenken", kommentierte Arnsbach, worauf sie wieder Marasek einmischte: „Ja eh, aber des heißt ja nix. A wenn´s die Geringer ned war, wird uns ihr Freund mit sowas ned a Motiv liefern wollen. Sonst no was in die Richtung, Peter?"

„Des andere ist ewig her. Wie die Geringer 18 war und ihr erste eigene Wohnung im 12. Bezirk g´habt hat, hat´s offenbar a ziemlich ungute Situation mit Türken geben. So a junger Türke hat sie am Heimweg ang´lacht und freundlich grüßt, sie war arglos und hat freundlich z´rück´grüßt. Der hat si dann drauf was einbildet, si verliebt oder so und wollt sie immer einladen. Sie hat des immer abg´lehnt, aber dann is sie irgendwann von seiner ganzen Sippe in so a Türkenlokal reinzerrt worden. Die ham ihr voll Druck g´macht, warum sie den armen Bub so verführt und ob sie ihn heiraten will. Sie is dann zwar unbeschadet da rauskommen, hat aber voll Angst g´habt. Erst wie dann a ganze Gruppe von ihre Freund in des Türkenlokal gangen san und mit denen Tacheles g´redet ham, war a Ruh. Die Geringer hat aus der damaligen G´schicht angeblich die Konsequenz zogen, dass sie kane Türken mehr grüßt."

„Na, die hat scho einiges erlebt, die Geringer. Martin, ihr habt´s euch des Videomaterial vom Schottentor no amal genauer ang´schaut. Wie schaut´s aus mit andere blonde Frauen mit blaue Anoraks?"

„Wir haben scho no a paar Leut drauf mit blaue Anoraks, aber nix Eindeutiges, wo ma die Haarfarb erkennt. Teilweise is in dem Gedränge a ned zu sehen, ob die a Jean anhaben oder ned. Und die ham alle Hauben oder Kapuzen auf, a Person sicht ma nur von hinten, da is ned klar, ob des a Frau oder a Mann is. Aber es san scho drei bis vier Personen, die ned komplett zum Ausschließen san."

„Kömma die eine oder andere identifizieren?"

„Ned leicht, wie gesagt hamma´s ned von vorn, oder sie ham Kapuzen ins G´sicht zogen. Die meisten stehen wegen dem Wind a eher mit einzogenem Kopf und halten´s G´sicht nach unten. Nur die Geringer steht aufrecht, ohne Kapuze und schaut genau in die Richtung von der Kamera. Wir können die Aufnahmen ja no der Klier und der Milenkovic vorspielen und schauen, was da raus kommt."

„Ja gut, die sollen heut no amal herkommen! Und bei der Gelegenheit probier´ ma no was andres: Wir lassen die Geringer den Satz `schleicht´s euch, ihr Arschlöcher´ sprechen und nehmen das auf… dann desgleiche von drei Kolleginnen aus´m Haus, die a Dialekt sprechen. Und dann spiel man die Aufnahmen der Klier und der Milenkovic vor. Akustisch samma ja ned nur von der Milenkovic abhängig. Kümmer du dich drum, Martin! Gibt´s von der Spurensicherung was Neues?"

Damit war Melanie Hartl an der Reihe. Sie war bisher gemütlich dagesessen und richtete sich nun auf: „Eigentlich nix. Wir haben noch ein paar Sachen genauer ausgewertet, zum Beispiel die Blutspritzer am Tatort oder die Waffe. Aber es hat alles das bestätigt, was wir schon angenommen haben. Das einzig Neue ist, dass ma jetzt wissen, dass die drei Toten nicht 17 oder 18 sind, sondern allesamt Anfang bis Mitte 20. Das hat die Untersuchung eindeutig ergeben."

„Was?", wurde Arnsbach laut. „Wieso ist das überhaupt untersucht worden? Wer hat das angeordnet?"

„I hab des ang´ordnet", stellte Marasek klar.

„Wie kommst du dazu?"

„Weil i bei an Mordfall a umfassende Untersuchung will. Da g´hört alles dazu, was die Verdächtigen und die Opfer angeht."

„An dem Fall ändert sich nichts durch das Alter der Opfer. Die Frage hat da nichts zu suchen. So oder so sind das ein Doppelmord und eine Notwehrüberschreitung!"

„Des wer´n dann die Richter entscheiden. Aber in der öffentlichen Diskussion is es ned wurscht, ob des drei arme minderjährige Buam san oder drei junge Männer."

„Du gibst also zu, dass es dir um die Beeinflussung der medialen und politischen Diskussion geht!", konstatierte Arnsbach sauer.

„I will einfach, dass die Wahrheit bekannt is und dass ned auf der Grundlage von falschen Angaben diskutiert wird."

„Das wird nur die Stimmung gegen Flüchtlinge weiter verschlechtern. Jedenfalls…"

„Vielleicht sollten die Herren Flüchtlinge kane falschen Angaben machen und kane Frauen belästigen, vielleicht wär dann die Stimmung besser", unterbrach sie Marasek.

„Jedenfalls werden wir diese Info nicht an die Öffentlichkeit geben! Das…"

„… wird schwer!", unterbrach Marasek erneut.

„Wieso? Was soll das heißen? Das ist eine Weisung!"

„Was des heißen soll? Mei ganzes Ermittlungsteam weiß Bescheid, also zwölf Leut, dazu die Spurensicherung und vermutlich inzwischen no a paar andere im Haus, insgesamt um die 20 Kollegen. Niemand von denen wird´s gut finden, dass ma die Info geheim halten. Insofern kann´s passieren, dass irgendwer des irgendwem erzählt und irgendwann a Journalist davon erfahrt. Und wemma dann danach g´fragt wern, schaut´s no blöder aus, nämlich nach Vertuschung. Des hilft deinen Flüchtlingen dann no viel weniger."

„Willst du mir drohen, dass ihr das an die Öffentlichkeit spielt?"

„Nein, das würd ich nie tun", sagte Marasek ganz langsam. „Aber i halt fest, dass du offenbar mit dem Zrückhalten von Fakten und einer Weisung die öffentliche Diskussion beeinflussen willst. Wenn des dann rauskommt, wirst du den Kopf dafür hinhalten müssen."

Arnsbach kannte die Stimmung im Polizeiapparat ganz genau. Die meisten waren ursprünglich Sozialdemokraten, etwa Marasek oder Hoffer, aber hoch unzufriedenen mit der Asylpolitik der rot-grünen Stadtregierung. Zuletzt hatten sicherlich etliche von ihnen blau gewählt. Arnsbach wusste, dass die riesige Mehrheit unter den Kollegen gegen gewalttätige Tschetschenen, kriminelle Nordafrikaner und Belästigungen durch Afghanen schärfer vorgehen möchte. Sie wusste auch, dass sich diese Polizisten von Politik und Medien daran gehindert fühlten. Und sie kannte die Truppe um Marasek bestens, eine eingeschworene Gemeinschaft, die ähnlich tickte wie ihr Anführer. Es war ihr völlig klar, dass es maximal einen Tag dauern würde, bis einer von Maraseks Leuten mit oder ohne Absprache mit ihm das wahre Alter der Toten der Kronenzeitung zugespielt haben würde. Ebenso klar war ihr, dass sie niemals herausfinden würde, wer es gewesen war. Und ohne Zweifel würde, da hatte Marasek recht, die Sache dann noch schlechter aussehen und sie würde in der öffentlichen Kritik stehen. Also musste sie kapitulieren:

„Verdammt Reinhard, das ist echt nicht sauber, wie du da agierst! Aber OK, wir werden das Alter bekannt geben, auf der Pressekonferenz heute. Die können wir gleich als nächstes besprechen."

„Wann soll ma die veranstalten? Mittag hamma um 12 Uhr 30 a Treffen mit der Freundin von der Geringer aus St. Pölten…"

„11 Uhr Pressekonferenz. Du, Reinhard, sitzt mit mir da vorne. Ich werd den einleitenden Bericht abgeben, die Fragen beantworten wir dann gemeinsam. Um Punkt 11.30 machen wir Schluss. Inhaltlich werd ich mich knapp und bedeckt halten: Es gibt eine Verdächtige, aber es ist nicht sicher, dass sie es war. Wir arbeiten gerade an der Auswertung von allen Spuren, Zeugenaussagen und Hinweisen blablabla. Und dann halt noch Infos zu den Toten, inklusive Herkunft und Alter. Reinhard, schick bitte gleich, wenn wir hier fertig sind, die Einladung an die Presse raus!"

Nachdem es dazu keine Einwände oder weitere Vorschläge gab, setzte Arnsbach fort: „Haben wir sonst irgendwas Neues?"

Marasek antwortete, „ja wir ham jetzt Zugriff auf den Internet-Verlauf von der Geringer. Und neben belanglosen und üblichen Sachen hamma g´sehen, dass sie scheinbar recht viel zu Asylpolitik g´lesen hat. Martin, kannst du des zamfassen!?"

Vancura nahm einen Stoß Zettel in die Hände und begann zu blättern. „Naja, sie hat über Monate viel Artikel gelesen und Sendungen g´schaut, die si mit dem Thema beschäftigen. Des reicht von vom ORF über die Kronenzeitung und Russia Today bis hin zu FPÖ TV. Und sie hat si a radikalere Sachen ang'schaut."

„Was meinst du mit radikaler?", wollte Arnsbach wissen.

„Na von radikaleren Gruppierungen", antwortete Vancura vorerst knapp. Als er den Gesichtsausdruck von Arnsbach sah, wurde er aber doch genauer: „Sie war zum Beispiel auf der Page von den Identitären und hat si dort Aktionsvideos ang'schaut und Erklärungen durchg'lesen. Sie is aber a auf linksradikale Seiten gangen, zum Beispiel von der Partei der Arbeit oder der Organisation Arbeiterkampf. A dort hat's vor allem g'lesen, was die zu den Asylanten schreiben."

„So so, bei den Identitären", kommentierte Arnsbach. „Vielleicht ist die Geringer doch eine Rechtsextreme, die ganz bewusst Flüchtlinge töten wollte."

„Per Telefon oder Email hat die Geringer aber kan Kontakt zu den Identitären g'habt", mischte sich Marasek ein. „Und außerdem san die Identitären bisher nur durch symbolische Aktionen aufg'fallen, vorg'worfen wer'n denen Sachen wie Hausfriedensbruch oder Sachbeschädigung, aber ned Mord, ned amal Körperverletzung."

„Das schließt aber nicht aus, dass eine ideologische Sympathisantin auf eigene Faust andere Dinge tut!", ließ Arnsbach nicht locker.

„Wenn sie geplant Flüchtlinge töten hätt´ wollen, dann wird sie des doch ned dem Zufall überlassen und des in der Straßenbahn vor Zeugen machen, sondern eher selber Zeit und Ort bestimmen. Des is a Spekulation von dir, Sophie, und ka sehr realistische."

„Wir werden sehen. Jedenfalls werden wir die Geringer am Nachmittag nochmal vernehmen und sie diesbezüglich ordentlich abklopfen", machte Arnsbach der Diskussion ein Ende. Im Anschluss sichteten Arnsbach und Marasek den Internet-Verlauf von Jana Geringer im Detail und sie bereiteten die Pressekonferenz und das Treffen mit Geringers Freundin Sandra Stadleder vor.

11

Die Pressekonferenz verlief nach Plan, Arnsbach hatte die zuvor besprochene Erklärung abgegeben und dabei das Alter der Erschossenen beiläufig erwähnt, neben Namen, Herkunft und Aufenthaltsstatus. Eine Journalistin hatte sofort bemerkt, dass das mit den Angaben vom Vortag nicht übereinstimmte und gefragt, ob das heißt, dass die Angaben in den Papieren falsch waren, was Arnsbach mit einem schlichten „Ja" beantwortete. Marasek hatte dann noch ein paar Nachfragen beantwortet, dabei aber de facto nichts Neues gesagt. Die Journalisten waren unzufrieden mit den wenigen Infos und dem raschen Ende der Pressekonferenz. Aber mit Maraseks Ankündigung, dass sie jetzt eine weitere Vernehmung vorzunehmen hätten, waren er und Arnsbach auch schon wieder verschwunden.

Die 38-jährige Sandra Stadleder war Filialleiterin einer Bank in Hütteldorf. Wie von Marasek telefonisch mit ihr vereinbart hatte, trafen sich Arnsbach und er mit der Zeugin bei der Endstation der Straßenbahnlinie 49. Er hätte sie natürlich aufs Kommissariat vorladen können, aber er wollte ihr entgegenkommen, um eine kooperative Haltung ihrerseits zu fördern. Stadleder erschien pünktlich am Treffpunkt und da sich der Nebel kurz zuvor aufgelöst hatte und endlich wieder einmal die

Sonne auf die Stadt schien, bogen die drei beim Gasthaus Prilisauer von der Linzerstraße ab und schlenderten den Halterbach entlang, um die Vernehmung im Ferdinand-Wolf-Park durchzuführen.

Stadleder war eine attraktive Frau mit halblangen dunklen Haaren und perfekt sitzender Frisur, im Beckenbereich schon etwas üppiger. Sie war ziemlich schick hergerichtet, erheblich, aber nicht übermäßig geschminkt, die Kleidung machte einen teuren und edlen Eindruck. Von Anfang an und dann auf dem kurzen Weg bis zum Park hatte Arnsbach gemerkt, wie sie Marasek ansah und welch lieblichen Ton sie ihm gegenüber anschlug. Der Typus Frau, der keinen Flirt mit einem feschen Mann auslässt, dachte die LKA-Leiterin. Sie würde also das Gespräch weitgehend ihrem Mitarbeiter überlassen – und der spielte seine Rolle gut, wie immer in solchen Fällen.

Sie hatten im Park in der Sonne einen Tisch mit zwei gegenüberliegenden Bänken gefunden. Sie ließen Stadleder die Platzwahl, Marasek setzte sich gegenüber, Arnsbach aber neben Stadleder. „Vielen Dank, Frau Stadleder", begann Marasek, „dass Sie sich Zeit für des Gespräch g'nommen haben. Sie wissen scho, dass es um die Toten aus der Straßenbahn geht. Die Beschreibung von der Täterin passt auf Frau Geringer, es gibt aber a Aspekte, die dagegen sprechen, dass sie's war. Wir müssen jetzt möglichst viel Infos zamtragen, um uns a Bild von möglichen Verdächtigen zu machen. Sie scheinen sie gut zu kennen und können uns vielleicht helfen. Wir lange und woher kennen Sie denn die Frau Geringer?"

„Aus der gemeinsamen Zeit in St. Pölten. I bin ja ursprünglich aus Zwettl und war a no ned so lang in St. Pölten. Wir san dann täglich in der Früh gemeinsam nach Wien pendelt und am Abend gemeinsam weggangen, ned nur in St. Pölten, sondern a in Wien oder Krems."

„Warum is die Frau Geringer überhaupt nach St. Pölten übersiedelt? Die is ja ursprünglich aus Wien."

„Wegen ihr´n Freund damals vor 15 Jahren. Der Joachim war sehr nett und lieb, aber halt a sehr fad und unscheinbar und die Jana war eigentlich ned wirklich verliebt in ihn. Trotzdem war´s sechs Jahre mit ihm zam, weil´s von die unguten Typen die Nase voll g´habt hat. Wie´s ihn dann do verlassen hat, is sie aber in St. Pölten blieben, weil´s dort viele Freund g´habt hat… bis vor drei Jahr, da hat ihr dann des Pendeln endgültig g´reicht."

„Was is denn die Frau Geringer für a Typ? Wie is es, wenn ma mit ihr befreundet is? Was zeichnet sie aus?"

„Na vor allem hat die Jana scho immer a wahnsinnig starke Anziehung auf Männer ausg´übt. Die san immer scho bei ihr Schlange g´standen. Beim

Weggehen am Abend hat ma sich mit ihr kaum erwehren können vor Einladungen und Flirts. Und erst wenn sie irgendwo tanzt hat… dann is es oft so g´wesen, dass ihr des ganze Lokal zug´schaut hat. Sie hat a Art g´habt, si zu bewegen, dass den Frauen der Mund offen g´standen und den Männer die Zunge rausg´hangen ist. Sie hat Angebote g´habt ohne Ende, da war a Adeliger mit an Schloss dabei, a Sohn von an wichtigen Landespolitiker, der Erbe von einer großen Anwaltskanzlei aus Wien und a Sohn von an Industriellen mit mehrere Fabriken in Niederösterreich. Die waren ganz deppert nach ihr und wollten´s oft glei heiraten. Wir anderen Mädels haben oft g´sagt, sie soll doch so dicke Fische nicht von der Angel lassen. Sie wollt aber von denen nie was wissen, sie hat g´meint, dass die sie ja nur als Dekoration wollen, und sie war zu denen extra unfreundlich. Der Industriellensohn hat an einem Samstag a bissl mit ihr g´redet. A Woche später hamma´n zufällig wieder troffen und er wollt sie glei auf a Woche auf die Malediven einladen. Sie is drauf fuchsteufelswild g´worden und hat ihn ang´schrien, ‚glaubst du, i bin a Hur? Willst du mi kaufen? Schleich di, du Arschloch!' Wie er ka Ruh geb´n hat, hat´s ihm eine g´schmiert. Dann is er abzogen. Alle Leut in der Bar war´n total baff und dem Herrn Sohn is des wahrscheinlich a no nie passiert. So war die Jana."

Arnsbach dachte, dass „schleicht's euch, ihr Arschlöcher" auch die Ansage der Täterin im 43er war. Und Marasek fragte weiter:

„Hat diese Art von ihrer Freundin ned a manchmal zu Konflikten g'führt?"

„Ja schon. Und sie kann da a irrsinnige Energie entwickeln. Ihr nächster Freund nach dem Joachim war ja der Johannes. Nach der Trennung hat der si dann überfallen, aber sie hat ihn zamg'haut, der war mit Brüchen im Spital."

„Den Fall kennen wir eh. Gab's noch andere Vorfälle?"

„Wenn ihr was ned passt hat oder sie was ungerecht g'funden hat, hat die Jana scho a Party crashen können. Amal is sie aus an Club rausg'flogen, weil sie angetrunken die Mädels von der Mitternachtseinlage von der Bühne drängt und die Show übernommen hat. Natürlich san die echt schlecht g'wesen und die Jana war viel besser, aber trotzdem war des arg, wie sie si aufg'führt hat. Sie hat si dann mit der Security a Rangelei g'liefert, hat die als Kasperln beschimpft und war kaum zu bändigen."

„Hat des an bestimmten Grund, dass die Frau Geringer beim Tanzen so gut war?"

„Ah so, das wissen Sie ned. Die Jana is mit 20, damals no in Wien, von an Typen aus der Clubbingszene entdeckt worden. Sie hat dann zwei

Jahr lang bei den Clubbings in den Sophiensälen Mitternachtseinlagen tanzt, am Anfang als Teil von einer Show, dann teilweise a Soloprogramme. Sie hat des neben ihrem normalen Bürojob g´macht, meistens zwei Mal pro Woche, an Donnerstagen, Freitagen oder Samstagen. Damit hat sie genauso viel verdient wie mit der Büroarbeit. Dann hat sie a no Privatvorstellungen in Extraräumen tanzt und reiche Typen heiß g´macht, die voll viel dafür zahlt haben. Da waren aber immer Securitys dabei, die drauf g´schaut haben, dass keiner von die Kunden die Jana angreift. Manche von diese reichen Typen wollten sie dann natürlich a für Sex zahlen. Einer hat sogar amal a halbe Million Schilling dafür boten. A Großunternehmer wollt sie für die Entjungferung von sein 18-jährigen Sohn buchen. Aber sie hat des immer abg´lehnt… sagt sie zumindest, aber i bin mir sehr sicher, dass des a stimmt. Im zweiten Jahr hat´s dann zusätzlich no im Moulin Rouge tanzt und a gut verdient. Dort waren die Prostitutionsangebote no stärker, aber sie hat des a dort ned g´macht."

„Und wie hat des ihr Partner packt?"

„In der Zeit, wo´s in die Clubs tanzt hat, hat´s kan Partner g´habt. Sie war mit aner lesbischen Frau aus der Musikszene zam. Die war a sehr fesch… i hab amal a Foto g´sehen. Des dürft zwischen die zwei recht innig g´wesen sein und bei der Jana war damals sicher so a Haltung, dass die Männer eh alles nur Arschlöcher sind. Die andere Frau is aber dann irgendwann ins Ausland gangen und die Jana war dann ned weiter lesbisch... des dürft nur auf die eine Frau bezogen g´wesen sein, von der sie irgendwie fasziniert war. Jedenfalls san die Tanzauftritte von der Jana a Wahnsinn. Wir anderen Mädels ham oft versucht uns da was abzuschauen, aber wir ham selber g´spürt, dass des nur a schlechter Abklatsch war."

„Waren die anderen Frauen dann ned eifersüchtig auf sie?"

„Schon, aber gegenüber Frauen, die ihr ned ungut kommen san, war sie nie deppert oder arrogant. Sie hat si eher oft über Männer lustig g´macht, die hat sie lächerlich g´macht und bloßg´stellt. Mit denen hat´s dann eher Wickl geben."

„Klingt so, als hätt die Frau Geringer a schwieriges Verhältnis zu Männern. Wieso is des so?"

„Sie hat halt viel schlechte Erfahrungen g´macht, nicht nur mit Ex-Partnern, sondern da dürft es a andere grausliche Übergriffe geben haben..."

„Was meinen´s konkret?"

„Zum Beispiel war da amal so a G´schicht mit K.O.-Tropfen oder sowas. Des war eigentlich bei uns im Freundeskreis. Wir wollten uns zum Vorglühen in der Dachterrassenwohnung von an neuen Bekannten treffen, in Wien im 7. Bezirk. Der Carsten war a leitender Angestellten in an großen Konzern, a irrsinniger Angeber und sehr eingebildet. Der war damals Anfang 40 und is auf die Jana g'standen, sie hat ihm aber direkt g'sagt, dass sie so a Aufschneider und Kokser ned interessiert. Der hat des offenbar ned packt und hat er ihr als Zeitpunkt für des Treffen a Stund früher g'sagt als uns andern. Wie i und der Herbert – a Eisenbahner, den ham die Jana und i vom Pendln kennt – wie wir also dann hinkommen san, war die Jana im Delirium, richtig ohnmächtig. Die Knöpf von der Blusen waren falsch zuknöpft und die Jean is ned orndlich g'sessen. So hätt si die Jana nie selber anzogen. Der Herbert und i waren uns sicher, dass der g'schissene Carsten ihr was verabreicht hat und dass er si zumindest auszogen hat. Wir haben uns aber in der Situation aber ned so sehr um die Ursache kümmert. Natürlich hamma den Carsten beschimpft und verdächtigt, aber in erster Linie hamma g'schaut, dass ma die Jana wieder hinkriegen. Der Carsten wollt nur ja ka Rettung rufen und wir waren so deppert, dass ma drauf eing'stiegen san, dass wir die Jana mitnehmen. Bei nur halberten Bewusstsein hamma's dann heimbracht und san die ganze Nacht bei ihr blieben. Irgendwann in der Früh war die Jana dann wieder einigermaßen klar, hat si aber an nix erinnern können. Wie wir ihr dann g'sagt ham, wie wir's g'funden ham und was wir befürchten, war si dann scho im Bad und hat si wahrscheinlich im Intimbereich selber ang'schaut. Aber sie hat des dann eher runterg´spielt und wollt jedenfalls ka Anzeige machen. Der Herbert und i ham nachher lang a schlechtes Gewissen g´habt, dass der Orsch so davon kommen ist. I hab dann a paar Monat später no amal die Jana drauf ang´redt. Und sie hat g´sagt, i soll ma kane Gedanken mehr machen, sie hat des ‚außergerichtlich' klärt und der Carsten hat an hohen Preis zahlt hat."

„Was war g´meint mit ‚hoher Preis'? Geld?"

„Na, des kann i mir ned vorstellen, dass die Jana bei sowas an Geld interessiert is. I weiß ned, was g´meint war, und sie wollt a nimmer drüber reden."

„Wann war denn dieser wahrscheinliche Übergriff und wie heißt der Carsten mim Nachnamen?"

„Des muss 2007 gewesen sein, im Sommer irgendwann. Und des Orschloch heißt Carsten Wannstedt."

„Sie ham vorher g´sagt, dass da ‚zum Beispiel' die Sache mit die K.O.-Tropfen war. Des heißt, sie ham da no was anders im Kopf, was si auf des Verhältnis von der Frau Geringer zu Männern negativ ausg´wirkt hat?"

„Naja, ihr´n Stiefvater halt…"

„Der war offenbar recht autoritär!?"

„Ja, des auf jeden Fall. Aber i glaub, dass da no mehr war."

„Wie meinen Sie des?"

„Na, dass es da an Missbrauch geben hat. Die Jana hat des nie ganz deutlich g´sagt, aber zwischen die Zeilen war des für mi klar. Also i weiß des ned definitiv, aber i bin ma ziemlich sicher."

„Sie meinen jetzt scho an sexuellen Missbrauch."

„Ja, sicher. I glaub, dass sie des über a längere Zeit zogen hat, in der Pubertät. Angesichts von dem, was daham passiert is, is die Jana dann in der Schul immer schlechter wor´n… und die Lehrer und die Mutter ham si des ned erklären können. Die Mutter war a immer lang in der Arbeit und hat nix mitkriegt oder nix mitkriegen wollen. Aber wie g´sagt, i kann des ned definitiv sagen. Und es wär mir a recht, wenn Sie des vertraulich behandeln."

„I kann des ned versprechen, aber wir werd´n uns bemühen, dass ma des ned verwenden. Wie ist denn zurzeit Ihr Verhältnis zu Frau Geringer? Aus eurem SMS-Verkehr hat ma den Eindruck, dass es da in letzter Zeit a paar Irritationen geben hat, dass Sie a bissl ang´fressen waren, weil si die Frau Geringer recht unfreundlich über Ihren Mann g´äußert hat und si nimmer so oft treffen wollt…"

„Ja, des stimmt scho", räumte Stadleder ein, „sie lehnt den Mann ab, den i vor a paar Monat g´heirat hab. Sie war da echt beleidigend und hat g´sagt, dass er ‚a blader Ungustl' is und i ihn nur g'heiratet hab, weil er Geld hat. Des stimmt natürlich ned, der Christoph is a ganz a Netter und i will a amal wo ankommen, bei an Mann, auf den ma si verlassen kann. Aber i hab's der Jana ned so übel g'nommen, i weiß ja, wie sie manchmal is. I glaub, es geht eher drum, dass die Jana möglichst viel Zeit mit dem Armin verbringen will und mit der Zeit in St. Pölten ziemlich abg'schlossen hat."

„Vielen Dank, Frau Stadleder, dass Sie sich die Zeit genommen haben", beendete Arnsbach das Gespräch, „es wird schön langsam frisch hier und Sie müssen sicher wieder zurück in die Bank."

„Des is ka Problem. I hab den Mitarbeitern g'sagt, dass i vielleicht später komm. Wenn's no was brauchen, können's mi ja anrufen", sagte Stadleder und sah dabei Marasek an.

„Danke, Frau Stadleder, das machen wir", erwiderte Marasek. Gemeinsam marschierten sie wieder den Halterbach entlang Richtung Linzerstraße. Dabei stellte Arnsbach noch ganz nebenbei eine Frage:

„Wie hat denn eigentlich der reiche Anwaltssohn geheißen, den ihre Freundin abblitzen hat lassen?"

„Der hat Florian g'heißen, Florian Knöll oder Knoll." Arnsbach war erleichtert, dass es nicht der Name ihres Verlobten war. Stadleder erzählte noch weiter, dass dieser Anwaltssohn in einer

Villa im 18. Bezirk gewohnt und eine eigene Haushälterin gehabt habe, dass er sich jede Nacht herumtrieb und zum Ärger seiner Eltern mit dem Jus-Studium nicht vorangekommen war. Dann waren Stadleder, Arnsbach und Marasek bei der Linzerstraße angekommen und verabschiedeten sich vorm Prilisauer.

12

„Du magst sie nicht, stimmt's?", wandte sich Arnsbach an Marasek.

„Stimmt. A echte Freundin hätt uns a paar von die Sachen ned erzählt. Vielleicht is ja do eifersüchtig oder sie hat a Rechnung offen mit der Geringer..."

„Möglich, aber sie hat uns das Bild der Verdächtigen schön abgerundet. Die Geringer hat offenbar einen tief sitzenden Hass auf Männer, sie reagiert sehr heftig, wenn ihr jemand blöd kommt – bis hin zu irgendwelchen Rache-Aktionen. Und sie hat das ‚schleicht's euch, ihr Arschlöcher' offenbar in solchen Situationen gleich parat. Sie wär schon der Typ, der Belästiger auch abknallt."

Marasek war damit nicht einverstanden: „Des glaub i grad ned. ‚Schleich di, du Arschloch', sagt bald amal wer. Und die Geringer is a sehr emotionaler Typ. Die agiert emotional aus der Situation. Die Täterin in der Straßenbahn hat geplant agiert, die hat a Pistol'n mitg'habt, die war abgeklärt und ausgesprochen cool. Des passt ned zur Geringer."

„Aber sie kann sich trotzdem nach dem Vorfall mit den Türken und dem Messer eine Pistole besorgt haben, damit sie sich verteidigen kann, wenn sie nochmal in die Situation kommt. Und dann ist es nicht bei der Verteidigung geblieben, sondern sie hat noch den Flüchtenden erschossen, eben weil sie so emotional ist."

„Des wär möglich, aber dass sie in der Situation die Kapuzn aufsetzt und dann verkehrt zrückgeht, damit sie die hintere Zeugin ned erkennt, des passt ned zu ihrer Emotion."

„Naja, wir werden uns die Geringer nachher gleich nochmal vornehmen", schloss Arnsbach diese Debatte. Sie waren bei Maraseks Dienstwagen angekommen und fuhren zurück ins Kommissariat in der Wattgasse. Auf der Fahrt sinnierte Marasek: „Des hätt i ma ned dacht, dass die Geringer solche Auftritte in Clubs drauf g´habt hat... obwohl, zutrauen tu i ihr´s scho. Aber weit is halt dann nimmer zur Prostitution. Und wenn´s die Typen so heiß macht, braucht sie si ned wundern, wenn die dann übergriffig wern."

„Dir ist aber schon klar, dass du jetzt so ähnlich redest, wie du es den Flüchtlingen vorwirfst!"

„Was? Wieso?"

„Wenn eine Frau einen kurzen Rock anhat, will sie mit allen Männern ins Bett oder ist zumindest selber schuld, wenn die das glauben? Wenn eine in einem Club lasziv tanzt, ist sie selber schuld, wenn sie belästigt wird? Das ist doch eine sehr ähnliche Logik."

Marasek wusste sofort, dass das stimmte. Ganz zugeben wollte er das nicht, aber er sagte zumindest: „Halbnackt an Typen antanzen, damit der geil wird, und dafür Geld nehmen, is scho ned des gleiche. Aber eh, du hast scho recht." Arnsbach gab sich damit zufrieden.

Zurück in Maraseks Büro aßen sie die Salate und Weckerln, die ihnen Hoffer mitgebracht hatte. Dann ging Arnsbach in den Besprechungsraum, um dort in Ruhe den Polizeipräsidenten und das Innenministerium zurückzurufen. Es waren die üblichen gleichermaßen mühsamen und sinnlosen Gespräche, aber Arnsbach war längst routiniert darin und wickelte sie professionell und überaus freundlich ab.

Als sie in Maraseks Büro zurückkam, hatte dieser Neuigkeiten. Arnsbach sah ihm sofort an, dass es sich um etwas Bemerkenswertes handelte. Er begann langsam: „I hab zu diesem Carsten Wannstedt nachgeforscht... der war damals und is heute a hohes Viech in der Medizintechnik-Branche."

„Na los, Reinhard, spann mich nicht auf die Folter!"

„Ja ja, nur mit der Ruhe. Also... es gibt an polizeilichen Akt von Anfang September 2007, also circa a Monat nach der K.O.-Tropfen-G´schicht mit der Geringer." Marasek machte eine dramaturgische Pause.

„Und weiter!", drängte Arnsbach.

„Der is damals in der Nacht überfallen word´n. Oben am Kobenzl, in der Nähe von sein Stammlokal ‚Am Himmel'. Von zwei Personen, vermutlich a Mann und a Frau, beide vermummt. Und jetzt kommt´s: Die ham ihn bei sein Auto mit an Revolver bedroht, ihn in Wald zaht, anbunden, die Hos´n auszogen und ihm die Hoden abg´schnitt´n!"

„Waaas!!??" Arnsbach war fassungslos.

„Ja, die ham den kastriert. Den Schnitt hat übrigens die Person durchg´führt, die nix g´redt hat und vielleicht a Frau war. Dann ham´s no die Blutung einigermaßen g´stillt und dann mit an anonymen Anruf die Rettung g´rufen. Der Wannstedt is dann halb ohnmächtig im Wald g´funden worden. Die abg´schnittenen Hoden ham die Täter mitg´nommen! Es san dem Wannstedt dann künstliche Hoden g´macht worden."

„Das geht?"

„Ja, offensichtlich. I glaub, normal wird des eher g´macht, wenn´s wem mit Hodenkrebs oder so einen Hoden abnehmen. Im Fall vom Wannstedt werd´n´s halt no von irgendwo a Haut g´nommen ham."

„Die Sache war nie in Öffentlichkeit, oder?"

„Nein, ned in der Form. Es hat nur g'heißen, dass es einen Überfall bei der Höhenstraße mit Körperverletzung gegeben hat. Der Wannstedt hat drauf bestanden, dass kane Details bekannt werd'n, hat mit Klagen droht und so weiter. Dem war's offenbar extrem wichtig, dass niemand erfahrt, dass er kane echten Hoden mehr hat. Es is dann a polizeiintern drauf g'schaut word'n, dass si des ned rumspricht."

„Aber es muss ja Ermittlungen gegeben haben!"

„Schon, aber da is nix rauskommen. Es hat keine brauchbaren Spuren geben. Die Täter dürften Handschuh tragen haben. I hab a mit dem Kollegen telefoniert, der damals ermittelt hat... der sagt, dass es so g'wirkt hat, dass der Wannstedt gar ned wollen hat, dass da was rauskommt."

„Wieso?"

„Na erstens, weil's dann leichter an die Öffentlichkeit kommen hätt können. Und zweitens hat ihm der männliche Täter damals zum Abschied droht, wenn er wen verdächtig, dann is der Penis a no weg. Jedenfalls hat der Wannstedt beharrlich g'sagt, dass er kan Verdacht in irgenda Richtung hat. Die Kollegen ham dann ka Motiv oder irgendwas g'funden und die Ermittlungen san eing'stellt worden."

„Das Ganze passt ja wie die Faust auf's Aug zur Geschichte von der Geringer! Und auch zu den

Morden in der Straßenbahn: einmal die Hoden abgeschnitten, einmal in die Genitalien geschossen. Und ein Revolver ist damals 2007 auch vorgekommen. Vielleicht hat sie den schon seit damals!" Arnsbach Jagdtrieb, der in diesem Fall schon etwas erlahmt war, erwachte wieder.

Und auch Marasek, der den Fall bereits abgeschrieben hatte, musste zugeben, dass sich der Verdacht gegen Geringer nun wieder erhärtete. Das freute ihn sichtlich nicht, was Arnsbach auch bewusst war: „Ich weiß eh, dass es dir lieber wäre, wenn es die Geringer nicht war, aber die Sache mit dem Wannstedt ist halt schon heftig."

„Ja eh, aber des mit die K.O.-Tropfen dürft ja stimmen und da halt si mei Mitleid mit dem Typen in Grenzen. A Gerichtsverfahren wär für die Geringer a Tortur g´wesen und der Wannstedt hätt mit super Anwälte vielleicht a no g´wonnen. I kann´s also schon versteh´n, wenn a Frau auf so a ‚außergerichtliche' Lösung setzt. Aber natürlich muss ma da ganz schö arg drauf sein, dass ma sowas durchzieht. Und Mut braucht ma a."

„Das sicher, wie bei jeder Selbstjustiz! Es fragt sich halt auch, ob die Geringer eine öffentliche Gefahr darstellt. Wenn die auf den Geschmack gekommen ist und jeden umlegt, der ihr blöd kommt… vielleicht hat sie auch eine ganze Liste aus der Vergangenheit zum Abarbeiten!"

„Das glaub i ned. Den Horvath hat's ja vor Ort gleich zugerichtet und ihr Stiefvater is tot, jahrelang an seiner Raucherlunge elendiglich verreckt. Außerdem hat die Geringer jetzt amal a gute Beziehung, die wird's ja wirklich ned mit an Rachefeldzug gefährden!"

„Wir werden sehen. Jedenfalls heben wir uns die Sache mit dem Wannstedt für das Ende der Vernehmung auf. Zuerst werden wir sie über Flüchtlinge und Männer im Allgemeinen befragen und sie auch ein bisschen in Sicherheit wiegen. Dann erst kommen wir mit den Identitären und dem Wannstedt. Ich werd diesmal die Vernehmung führen", stellte Arnsbach klar.

13

Es war 15 Uhr 15, als Jana Geringer zum dritten Mal in den Vernehmungsraum gebracht wurde. Arnsbach und Marasek warteten dort bereits. Mit trotzigem Gesichtsausdruck nahm die Verdächtige ihren Platz ein. Marasek lächelte sie an und Arnsbach startete.

„Guten Tag, Frau Geringer, haben Sie einigermaßen schlafen können?"

„Des interessiert di ned wirklich", entgegnete sie Arnsbach im schon gewohnten Ton.

„Schauen Sie, Frau Geringer, wir zwei haben vielleicht einen schlechten Start gehabt. Aber ich will Ihnen nichts Böses, ich will einfach den Fall klären. Und wenn dabei rauskommt, dass Sie es nicht waren, wäre mir das sehr recht. Es gibt ja auch bereits einige Dinge, die Sie entlasten: Der Herr Angerer bestätigt Ihre Angaben und die Zeugin aus der Straßenbahn sagt, dass Sie das nicht waren. Das schaut also nicht so schlecht aus für Sie. Trotzdem ist es unsere Aufgabe, möglichst alle Aspekte dieses Falles genau zu beleuchten. Und da müssen wir auch Sie noch zu einigen weiteren Punkten befragen."

„Na dann…"

„Was denken Sie denn über Ausländer und Flüchtlinge?"

„Soll des jetzt a philosophische Diskussionsrunde werden? I hab nix gegen Ausländer. I hab a paar gute Bekannte, die Jugos san. Die Jugos integrieren si ja eh mit der Zeit, so wie früher die Tschechen in Wien."

„Und was denken Sie über die Flüchtlinge, die seit 2015 nach Österreich gekommen sind, aus Syrien und dem Irak…?

„Zumindest angeblich von dort, viele von denen san ja in Wirklichkeit aus Nordafrika und sagen nur, dass sie Syrer san, weil´s dann leichter Asyl kriegen. Des werd´s ihr von der Polizei ja eh ganz genau wissen. Mir hat jedenfalls einiges a Bekannte erzählt, die mit an Polizisten verheirat is."

Bei den letzten Sätzen schaute Geringer Marasek an, als könnte Sie spüren, dass er das ähnlich sieht.

„Was denken Sie also über diese Flüchtlinge?", insistierte Arnsbach.

„Und wenn i mi jetzt negativ äußere, dann bin i wieder mehr verdächtig, oder wie? Dann könnten´s ja zwei Drittel von der österreichischen Bevölkerung verhaften! Also mir is des zu kindisch. I hab nix zum Verbergen und i werd euch jetzt sicher ned erzählen, dass i des super find, dass die da jetzt alle da san."

„Was ist denn daran nicht super?"

„Es san einfach die Falschen da. Hauptsächlich g´sunde, kräftige junge Männer aus reicheren Familien, die si die Kosten für die Reise ε leisten können. I hätt´s g´scheiter g´funden, ma hätt aus Syrien die Ärmsten rausg´holt, also zum Beispiel Witwen und Waisen, Verletzte und verfolgte Minderheiten. So san die Schwächsten dort blieben und die Stärksten san da bei uns. Die müssen wir jetzt durchfüttern. Statt dass die in ihrem Land gegen die Terroristen kämpfen, belästigen´s jetzt bei uns die Frauen."

„Und Sie denken, dass die alle, alle Syrer, Afghanen, Nordafrikaner, dass alle Muslime so sind?"

„Natürlich ned! Ich bin ja ned deppert. Der Armin kennt a türkisches Paar, die in der Türkei gegen Frauenunterdrückung, für Arbeiterechte und so aktiv waren... sie ist dann auf einer Demo von der dortigen Polizei schwer verletzt worden. Die san aus politischen Gründen nach Wien, san Atheisten und ganz gegen die Islamisten. Und in der Siedlung, wo der Armin wohnt, is jetzt a junges afghanisches Paar unterbracht worden, die san g´flüchtet, weil´s verliebt waren, die Eltern sie aber mit andere verheiraten wollten. Die san a ganz westlich orientiert. Solche Leut san ja ka Problem, aber die Mehrheit von die Araber und Afghanen ham halt a Einstellung zu Frauen, die i zum Kotzen find. Diese Typen will i ned da haben. Und die meisten Türken san ned besser und die Tschetschenen no ärger."

„Viele Männer bei uns sind doch auch nicht besser. Sie selbst haben doch genug schlechte Erfahrungen gemacht, von ihrem Stiefvater über den Herrn Horvath bis zu dem Manager in der amerikanischen Firma!"

„Ja eh, grad weil´s bei uns selber eh scho mehr als genug Arschlöcher gibt, brauch ma ned a no diese moslemischen Horden, die geistig aus dem Mittelalter kommen! Bei denen is der Prozentsatz an Arschlöchern no viel größer, weil die aus aner Kultur kommen, wo a Frau nix Wert is und nur dem Mann dienen soll. Dementsprechend führ´n sie si da auf. Is ja scho bei die Türken so, dass die teilweise aner Frau ned die Hand geben, a Lehrerin ned respektieren und die eigenen Mädels daheim einsperren. Und die meisten Moslems betrachten alle Frauen, die ned mit Kopftuch und Kaftan rumlaufen und allein unterwegs san, als Huren, uns Österreicherinnen genauso wie die Frauen aus Osteuropa."

„Aber gerade wenn Sie von Kultur sprechen, dann ist das ja nicht unveränderbar. Durch einen Integrationsprozess können die Flüchtlinge mit der Zeit auch unsere Werte übernehmen. Dazu ist es halt auch notwendig, dass sie nicht ausgegrenzt werden, sondern sich..."

„Na geh, des is do ned die Realität! Die integrieren si do ned, die leben do in ihrer eigene Welt. Des sieht ma ja scho seit Jahrzehnten bei die Türken. Und selbst wenn die si do irgendwann anpassen, dann tät des über Generationen dauern. Und i seh ned ein, dass die Frauen und Mädchen jahrzehntelang des Verhalten von diese Typen erdulden müssen, weil die vielleicht irgendwann ihre Sitten ablegen."

„Aber es gibt ja auch jetzt schon moderne Türken und Araber und es gibt auch jetzt schon kulturelle Überschneidungen. Zum Beispiel stehen die oft auch auf Fußball", diesen Seitenhieb auf Marasek hatte sich Arnsbach nicht verkneifen können, „oder sie surfen im Internet."

„Ja und sie schauen sie auf ihre Smartphones islamistische Videos an oder sämtliche Pornos mit westliche Frauen. Des halten's dann für die Realität bei uns und glauben, dass bei uns alle Frauen ständig und mit jedem und mit mehreren gleichzeitig Sex haben wollen."

„Naja, Männer mit falschen Erwartungen haben Sie ja beim Fortgehen oder bei ihren Auftritten im Moulin Rouge oder in den Sophiensälen auch schon unter den Einheimischen erlebt."

„Aha, habt´s mit der Sandra g´redt und die hat wieder amal ned die Papp'n halten können."

„Frau Geringer, sie waren im letzten Jahr immer wieder auf der Internetseite der Identitären. Was denken Sie von denen? Sind Sie eine Sympathisantin?"

„Deshalb also das ganze Gequatsche über die Flüchtlinge. Ihr wollt´s mi in a rechtsextremes Eck stellen."

„Ich will Sie in gar kein Eck stellen. Ich möchte einfach nur wissen, was Sie von dieser Gruppierung halten."

„Fragen´s mich dann a, was i von die linken Gruppierungen halt, von denen i mir die Seiten ang´schaut hab?"

„Wenn Sie möchten, ja. Sie können ja gleich zu beiden Seiten etwas sagen. Wie sind Sie denn überhaupt auf diese Gruppierungen gestoßen?"

„Über die Identitären war so a aufgeregter Bericht im Fernsehen, dass die a Theaterstück g´stört ham. Da hab i die dann googelt. Von der Arbeitspartei oder wie die heißen hab ich in der Nähe von meiner Wohnung oft Pickerln g´sehen und dieser Arbeiterkampf hat an interessanten Artikel g´habt, da is es um die Übergriffe in Köln gangen und um die linke Sicht auf die moslemischen Männer… den Artikel hat ma der Armin empfohlen. Der war ja früher bei so aner linken Gruppierung."

„Und was denken Sie nun über diese Gruppierungen?"

„I find, dass die Identitären mit vielem Recht haben, was die über die Flüchtlinge sagen, dass das ganze Multikulti a Scheiß ist, dass die Moslems mit ihrer Geburtenrate und die Flüchtlinge immer mehr werden und so. I will, dass wir unsre Kultur behalten und dass si Frauen in Österreich frei bewegen können und dass wir ned schleichend islamisiert werden. Deppert find i aber, dass die Identitären den Trump gut finden, so an widerlichen Milliardär. Und a die katholische Religion stellen's irgendwie als positiv hin, obwohl die Kirche ja selber a grausliche Geschichte hat, was Frauen und Sex angeht. Und sogar die Habsburger stellen's als gut da… i kenn mi jetzt ned super aus in Geschichte, aber i weiß scho, dass die Kaiser die einfachen Leut furchtbar ausbeutet ham und in Kriege g´schickt ham. Was i weiß, san alle die Rechte, die wir heut haben, zum Beispiel als Frauen oder als Arbeitnehmer, gegen die Kirche und die Adeligen durchg´setzt worden. Des hat zumindest immer mei Onkel g´sagt. Der war Elektriker und recht a Sozialist."

„Und die linken Gruppierungen finden Sie besser?"

„Nein. Gut find ich bei denen zwar, dass sie gegen die Banken und die Reichen san und si für die Arbeiter einsetzen… zumindest sagen´s des, merken tut ma ja ned viel davon. Aber was die zu die Flüchtlinge und die Moslems sagen, is a realitätsfernes Blabla. Die Linken san da ja ganz auf der Linie von der Merkel und den Grünen. Die beschönigen alles und wollen uns die Flüchtlinge als tolle Bereicherung verkaufen. Mehr will i dazu nimmer sagen."

„Na gut, Frau Geringer, lassen wir das mal so stehen. Was sagt Ihnen der Name Carsten Wannstedt?"

„Die Sandra!", entfuhr es Geringer mit einem etwas bitteren Lächeln. Sie sah kurz Marasek an und sagte dann zu Arnsbach: „I kann ma des scho vorstellen. Ihr Kollege is genau der Typ von der Sandra. Wenn der a bissl charmant war, is die Sandra sicher sehr geschwätzig g´wesen."

So ist es, dachten Marasek und Arnsbach unisono und letztere ließ nicht locker: „Erzählen Sie uns über den Vorfall mit dem Wannstedt im Sommer 2007!"

„Ihr werd´s eh scho wissen, dass mi des Arschloch unter K.O.-Tropfen g´setzt und auszogen hat."

„Ja, aber ist da noch mehr passiert? Hat er Sie vergewaltigt?"

„Darüber möchte i ned sprechen."

„Sie haben der Frau Stadleder einige Monate später gesagt, sie solle sich über die Sache keine Gedanken mehr machen. Sie hätten das ‚außergerichtlich' geklärt und Wannstedt habe einen hohen Preis bezahlt. Was sollte das bedeuten?"

„Des bedeutet, dass i die Sandra als Kontakt löschen werd, sobald i hier draußen bin. Des wirkt ja scho langsam so, als tät mi die reinreizen wollen. I hab des damals zu ihr g´sagt, weil sie si so schuldig g´fühlt hat und immer wieder damit ang´fangen hat. I wollt einfach nix mehr davon hören."

„Und was war der hohe Preis?"

„I könnt jetzt sagen, dass des nur a G´schichtl für die Sandra war, aber i bin bis jetzt bei der Wahrheit blieben und werd´s a weiter so halten. Also erstens hab i die ganze Sache seiner Verlobten erzählt, so einer frigiden Kuh aus gutem Haus, und i hab ihr a etliche seiner aufdringlichen SMS zeigt. Und zweitens hab i ihm g´sagt, dass das noch mehr Leut erfahren wer´n, wenn er ka orndliche Entschädigung auf´n Tisch legt. Des war´n dann 40.000 Euro."

„Der Herr Wannstedt ist ein Monat später überfallen worden…" Arnsbach machte eine Pause, um die Reaktion von Geringer abzuwarten.

Die sagte nur: „Na und?"

„Dabei wurden ihm beide Hoden abgetrennt."

„Echt!? Das is ja amal eine gute Nachricht", verlieh Geringer ihrer Freude sehr offen Ausdruck. „Wo und wer war des?"

„Sie vielleicht!? Und dann wissen Sie auch wo!"

„Nein, ich war das nicht", kicherte Geringer vor sich hin, „aber es is a super Idee! Des heißt, der Wannstedt lauft seit fast zehn Jahr ohne Eier herum! Oder mit Ping-Pong-Bällen im Sack? Vielleicht muss i ihn ja do no amal anrufen und fragen, wie´s ihm geht…", kriegte sich Geringer vor Erheiterung kaum ein. Während Marasek nur mit Mühe ein Grinsen unterdrückte, war Arnsbach ganz korrekte LKA-Leiterin:

„Das reicht jetzt, Frau Geringer, egal, was der Herr Wannstedt vorher getan hat, es handelt sich hier um eine schwere Körperverletzung und Selbstjustiz. Das sind Straftaten!"

Geringer aber sinnierte weiter: „Der is kastriert. I glaub, i kann den Kontakt mit der Sandra do no ned abbrechen. Im Gegenteil, i muss mi bei ihr bedanken. Weil sie die Papp´n ned halten kann, hab i des jetzt erfahren dürfen."

Jetzt kam sich Arnsbach richtiggehend verarscht vor: „Frau Geringer, sie haben ein Motiv für die Tat. Ein Monat nach der K.O.-Tropfen-Vergewaltigung werden dem Wannstedt die Hoden abgeschnitten. Das sieht nach einer sehr passenden Rache aus."

„Ja, es wär eh passend. Aber i war des ned. Der Wannstedt is a deutlich größer als i und kräftig. Glauben's, der lasst sie so einfach von mir kastrieren? Und außerdem, wenn der mi in Verdacht g'habt hätt, wär die Polizei ja scho damals bei mir vor der Tür g'standen!"

„Vielleicht hat der Wannstedt absichtlich keinen Verdacht geäußert, weil er nicht wollte, dass eine so intime und pikante Sache öffentlich wird. Und vielleicht waren Sie bei der Tat nicht allein."

„Na genau, wenn ich scho sowas mach, werd i no so deppert sein, dass i wen anheuer', von dem i dann mei Leben lang erpressbar bin", kommentierte Geringer ironisch.

„Vielleicht jemand, dessen Loyalität nie in Frage stehen würde, ein Verwandter zum Beispiel. Sie haben ja ein paar Cousins! Oder wer, glauben Sie, hat dem Wannstedt das angetan?"

„Stellst du den jetzt als Opfer hin. Der is a Arschloch und wird si gegenüber etliche Leut entsprechend verhalten ham. Vielleicht hat der no andere Frauen so vergewaltigt, weiß ma's? Die werd'n vielleicht a ned drüber reden… Und in seiner Branche hat er den Ruf g'habt, dass er a sehr aggressive Politik macht. Er dürft si da ziemlich viel Feind g'macht ham. Er hat sogar Morddrohungen kriegt, hat er zumindest erzählt. I war ma damals ned sicher, ob des ane von seine Angebereien war, aber vielleicht hat's ja a g'stimmt."

„Wir werden zu der ganzen Sache Herrn Wannstedt, seine damalige Verlobte und die Frau Stadleder befragen. Dann werden wir sehen, ob Ihre Version zusammenbricht oder nicht."

„Ja, mach das, frag den Herrn Arschloch ohne Eier!"

„Bei dem Überfall auf Wannstedt ist damals ein Revolver verwendet worden. Vielleicht haben Sie den über all die Jahre irgendwo versteckt und vorgestern im 43er wieder zum Einsatz gebracht..."

„Ah, san ihm die Eier wegg´schossen worden? I hab glaubt abg´schnitten?"

„Vielleicht haben Sie nach den schlechten Erfahrungen mit Türken und Flüchtlingen in öffentlichen Verkehrsmitteln den Revolver mitgeführt, um die nächsten Belästiger zu erschießen. Vielleicht haben Sie, unter dem Einfluss der Propaganda der Identitären, vor, generell unter den Flüchtlingen aufzuräumen..."

„Des glaubst ja selber ned! Es wird langsam fad, weil i anfang mi zu wiederholen. Aber halt no amal: I hab jetzt echt was zum Verlieren, a glückliche Beziehung, wie i´s noch nie g´habt hab. Und selbst, wenn i die meisten Flüchtlinge ned mag: Es hat do kan Sinn, wenn i da drei daschieß. I kann´s ja ned alle töten!"

14

Arnsbach hatte die Vernehmung an dieser Stelle abgebrochen und war schnurstracks in Maraseks Büro vorausgegangen. Sie kochte innerlich, weil diese Geringer wieder nicht zum Einknicken zu bringen gewesen war. Nachdem sie ein paar Mal tief durchgeatmet hatte, kam auch Marasek herein und schloss die Tür hinter sich. Er nahm einen Schluck aus seiner Trinkflasche, die auf seinem Schreibtisch gestanden war, und kommentierte die Vernehmung:

„Du hast es sehr g´schickt g´macht, z´erst nett und dann die schweren Geschütze. Aber die Geringer weiß jetzt a, dass der freundliche Anfang nur a Taktik war. Die wird jetzt zumachen und abblocken. Aus der krieg ma nix mehr raus."

„Ja eh", seufzte Arnsbach, „aber wie hätten wir das sonst angehen sollen? Der ist einfach schwer beizukommen. Die ist taff."

„I hätt eh dieselben Fragen g´stellt, aber ned so taktisch und feindselig, sondern anders, freundlicher, weil wir´s eben stellen müssen. Aber des is jetzt eh g´rennt."

„Wie schätzt du das ein, was sie zu den Flüchtlingen und zu den Identitären gesagt hat? Einen rassistischen Einschlag hat das schon…"

„Dann san aber wirklich zwei Drittel der Bevölkerung rassistisch und i seh des a ned viel anders als die Geringer. Des, was sie zu die Identitären und zu die Linken g´sagt hat, hat sehr glaubwürdig klungen, find i. Und a des zu die Asylanten war ehrlich und authentisch."

„Ja eh. Aber widersprüchlich ist sie schon, die gute Geringer: Bei den Flüchtlingen regt sie sich auf, dass die traditionelle Frauenbilder haben, und selber will sie im Bett von ihrem Mann dominiert werden."

Das passte Marasek nicht: „I find ned, dass ma des vergleichen kann. Es is ja ganz was andres, ob Frauen zu Sachen zwungen werden, daheim eing´sperrt, ned mit andere Männer reden, zwangsverheirat und so weiter, oder ob si a Frau selber a Sexualpraktik aussucht. Es san ja oft grad selbstbewusste Frauen mit gute Jobs, die dann auf die grobe Tour stehen. Angeblich ham besonders viel Akademikerinnen des `Shades of Grey' mit Begeisterung g´lesen…"

Da hat er schon recht, dachte Arnsbach, auch unter ihren Freundinnen hatten fast alle dieses Buch verschlungen, die meisten heimlich, aber alle mit einer Faszination, die verraten hatte, dass sie davon angeturnt waren. Sie war sich sicher, dass sich Marasek fragte, ob auch sie dieses Buch mit Begeisterung gelesen hatte. Sie aber fragte sich, warum so viele starke Frauen darauf abfahren… ist das wirklich selbstbestimmt? Sind es nicht doch gesellschaftliche Prägungen, die auch bei emanzipierten und sogar feministischen Frauen letztlich durchkamen? Oder werden etwa bei Geringer Unterdrückungserfahrungen reproduziert? Oder sind es archaische Instinkte, die in der aufgeklärten modernen Welt dann in Sexualpraktiken von Dominanz und Unterwerfung ihr letztes spielerisches und symbolisches Refugium haben?

Arnsbach hatte aber keine Lust, diese Gedanken mit Marasek zu teilen, und so antwortete sie nur: „Na ich weiß nicht. Jedenfalls haben wir wieder nichts Konkretes in der Hand. Wie bei all den Sachen von vorgestern Abend ist auch ihre Version zum Wannstedt möglich, aber in der Gesamtkonstellation halt einfach unwahrscheinlich."

„Naja, wir werd'n halt jetzt schauen, dass ma den Wannstedt und sei Verlobte und no amal die Stadleder dawischen. Die Klier war scho da für den Stimmenvergleich und die Aufnahmen vom Schottentor und die Milenkovic dürft jetzt grad da sein. Und dann kömma no schauen, ob's am Konto von der Geringer im Herbst 2007 an großen Eingang geben hat."

„Und noch was zur Sicherheit: Die Geringer hat gesagt, dass sie gute Bekannte hat, die Jugos san. Vielleicht war sie da endlich mal nicht so geschickt. Vielleicht ist die Milenkovic keine echte Zeugin, sondern eine Komplizin! Eine Komplizin, die genau dazu im Wagon war, damit sie die Geringer entlasten kann. Dass viele Serben die Moslems nicht mögen, ist ja bekannt. Die Milenkovic ist offensichtlich eine von denen. Wir sollten schauen, ob es irgendeine Verbindung zwischen Geringer und Milenkovic gibt... Telefondaten abklären etc."

Es war mittlerweile schon wieder dunkel draußen. Marasek und Arnsbach teilten sich die angesprochenen Aufgaben auf und vereinbarten, sich um 17 Uhr 30 wieder zu treffen. Arnsbach ging unmittelbar in den Raum, in dem Vancura und Hoffer mit Milenkovic die Videos sichteten.

Als dann Marasek kurz nach dem vereinbarten Zeitpunkt wieder in sein Büro kam, war Arnsbach bereits da. Er hatte sämtliche Telefonate in der Wannstedt-Sache geführt, war damit gerade erst fertig geworden und wollte noch durchschnaufen, bevor er von den Ergebnisse berichten würde.

„Geh Sophie, fang du bitte an!"

„Ja gut. Bei den Sprachaufnahmen hat die Milenkovic gesagt, dass keine von denen die Stimme der Schützin ist; das kennen wir ja schon bei der. Die Klier hat gemeint, dass sie sich nicht sicher ist, aber sie hat zwei Stimmen ausgesucht, die die aus dem 43er sein könnten – und eine davon war die von der Geringer. Insgesamt also nur ein schwaches Indiz. Und die Videos haben weder mit der Klier noch mit der Milenkovic viel gebracht. Die Klier hat schon gemeint, dass die Geringer am meisten dem entspricht, was sie gesehen hat, die Größe, die Statur, die Haarfarbe. Aber sie hat es auch für möglich gehalten, dass es sich bei einer von den anderen Personen, die weniger gut zu erkennen sind, um die Täterin handelt."

„Und die Milenkovic?"

„Und die Milenkovic hat auch das Video von der Geringer gesehen, aber massiv bekräftigt, dass sie es nicht war. Sie hat auch wiederholt, dass der Anorak keinen rot-organen Zipp gehabt hätte. Die anderen Personen mit den blauen Anoraks kämen alle in Frage, sie müsse halt das Gesicht deutlicher sehen. Kurz gesagt, wir müssten alle Videoaufnahmen von U-Bahn- und Straßenbahnstationen, die Zubringer zum Schottentor sind, genau sichten und sehen, ob da was zu einer Person vom Schottentor passt. Ist halt sehr fraglich, ob da was Brauchbares rauskommt, und erst recht, ob wir dann eine Person identifizieren können."

„Und sonst zur Milenkovic?"

„Ich hab ihr nochmal ordentlich Druck gemacht, was eine Falschaussage betrifft. Hat nichts gebracht. Selbst wenn wir der Geringer was nachweisen könnten, kann die Milenkovic immer noch locker sagen, sie hat sie eben nicht erkannt. Ich glaub, die weiß ganz genau, dass wir ihr selbst dann keine Falschaussage nachweisen könnten."

Nach einer kurzen Pause setzte Arnsbach fort: „Hab auch den Testballon steigen lassen, dass wir Hinweise haben, dass sie und Geringer sich kennen. Keine Wirkung. Die hat nur mit dem Kopf geschüttelt und gesagt, dass das ein Blödsinn ist und sie die Geringer nicht kennt. Hab dann nachher auch noch die Handydaten gecheckt: Zumindest in den letzten fünf Jahren gab´s keinen Kontakt zwischen den beiden. Und es gibt unter ihren Kontakten auch niemanden, der zur jeweils anderen Kontakt hatte. Da könnte man sicher noch genauer nachforschen, ob es andere Kontaktformen gegeben hat, aber es schaut nicht so aus, als ob an meiner Überlegung was dran ist."

„Na, des war eh sehr spekulativ…"

„Hast du bessere Nachrichten?"

„Was besser is, is jetzt Ansichtssache. Jedenfalls hab i alle drei erreicht. Der Wannstedt is bei saner Linie blieb´n: ka Aussage zur möglichen Vergewaltigung und zur aner Erpressung, ka Verdacht bezüglich der Kastration, Drohung mit Klagen, falls irgendwas öffentlich wird, Kontakt nur noch über´n Anwalt. Sei damalige Verlobte, a gewisse Charlotte Harrison, die is jetzt mit an reichen Engländer verheiratet, war a ned viel gesprächiger: Sie hat g´sagt, dass des alles lang her is und sie nix mehr damit zum Tun haben will, ka Aussage zum Wannstedt oder zur Geringer. Des einzige, was i rausg´funden hab: Diese Charlotte hat si im Oktober 2007 vom Wannstedt trennt. Jetzt kömma drüber spekulieren, was der Grund war, die Enthüllungen von der Geringer oder die Kastration oder…"

„Geh, sag nicht immer Kastration. Das klingt ja wie bei einem Kater!"

„… oder beides, Enthüllung und Kastration", grinste Marasek, „jedenfalls werma von die zwei nix Brauchbares rauskriegen."

„Aber die Stadleder wird ja gesprächiger gewesen sein!"

„Ja, scho. Sie hat bestätigt, dass der Wannstedt damals von Morddrohungen erzählt hat. I hab sie ganz allgemein g´fragt und sie hat des ziemlich ident wie die Geringer erzählt. Und was a mögliche Erpressung und a Schweigegeld betrifft, wollt sie des jetzt a nimmer ausschließen. Sie hat g´meint, dass sie damals ned glaubt hat, dass die Geringer a Geld hat haben wollen, aber bei aner solchen Summe sei´s vielleicht do möglich."

„Vielleicht hat sie sich auch nach dem Gespräch mit uns gedacht, dass sie ihrer Freundin geschadet hat. Vielleicht wollte sie das jetzt wieder hinbiegen."

„Möglich. Jedenfalls is ned zum Ausschließen, dass andere Leut da am Kobenzl a Rechnung mim

Wannstedt beglichen ham. Und es is möglich, dass die Geringer 40.000 Euro kassiert hat."

„40.000 Euro sind übrigens in etwa eine halbe Million Schilling, also die Summe, die ihr damals der reiche Typ in einer Privatvorstellung in einem Club für Sex geboten haben soll."

„Aja, so als hätt sie si dacht, des is der Preis, wenn mi aner fickt, den i ned will. A bissl aufgerundet halt, wegen der Inflation. Ham die Wirtshäuser ja a g´macht, bei der Euroumstellung."

„I hab aber recherchiert, auf ihrem Bankkonto hat es damals und auch in den Monaten danach nie einen Eingang in einer solchen Größenordnung gegeben."

„Des heißt nix. Die Geringer is ja ned deppert. Wenn die wirklich 40.000 Euro von einer Erpressung kassiert hat, kann sie des irgendwo gebunkert und zitzerlweise ausgegeben haben oder sie kann Goldmünzen kauft ham…"

„Sicher, das ist möglich. Jedenfalls hat auch die Wannstedt-Sache nichts gebracht. Wir haben weiterhin nichts Konkretes gegen die Geringer in der Hand. Keine Ahnung, wie wir jetzt weitermachen."

„Mach ma a kurze Pause. I hol uns was aus der Bäckerei und dann besprech ma, wie wir weitertun, OK?"

Arnsbach war einverstanden. Sie wusste, dass Marasek für seine Verhältnisse schon zu lange gesessen war und sicher jetzt die Stiegen nahm, um zumindest auf ein bisschen Bewegung zu kommen.

15

Zehn Minuten später war er wieder da. Er hatte vier Weckerln mit Käse und Salat mitgebracht, dazu zwei Joghurtdrinks und zwei Schokoriegel. Die Geschmacksrichtungen von Arnsbach kannte er noch von früher. Nachdem Marasek schneller gegessen hatte als seine Vorgesetzte, begann er:

„I fass amal zam: Wir haben keine Spuren, die die Geringer belasten. Die wichtigste Zeugin sagt, sie war's ned. Sie hat a Alibi. Diverse Sachen aus der Biographie von der Geringer san Spekulationen, auch hinsichtlich dem Wannstedt hamma nix in der Hand. Unsere Vermutungen reichen nie und nimmer für a Untersuchungshaft. Des brauch ma erst gar ned beantragen. Wir können die Geringer also maximal bis morgen in der Früh festhalten… wenn uns nix Neues mehr einfallt."

„Ja, so sieht's aus", pflichte Arnsbach, die mittlerweile auch fertig gegessen hat, bei.

„Mir fallt nix ein, wo ma no ansetzen können. Des einzige san die genaueren Videountersuchungen, aber des geht dann in die Richtung von aner anderen Verdächtigen."

„Was wir bezüglich der Geringer noch tun können, ist Druck auf den Angerer ausüben. Auch wenn er die Geringer liebt: Wenn er sich zwischen ihr und seinem Sohn entscheiden muss, wird er sich für seinen Sohn entscheiden. Wir könnten ihm nochmal nachdrücklicher androhen, dass Infos an seine Ex und das Familiengericht gehen. Und wenn er stur bleibt, könnten wir auch wirklich was durchsickern lassen. Dann werden wir sehen. Jedenfalls ist das der einzige Hebel, den wir noch haben."

„Geh, schleich di, Sophie. Was redst du da? Des kann, wenn´s blöd rennt, drauf hinauslaufen, dass du dem Buam sein Vater wegnimmst. I spiel da ned mit! Und wenn du des durchziagst, dann nimm i dir des übel."

Maraseks Gesichtsausdruck hatte etwas Ernstes und Angewidertes. So hatte sie ihn, der fast immer gut gelaunt war, noch nie gesehen. Sie spürte, dass sie das nicht wollte, dass sie nicht von ihm verachtet werden wollte. Und deshalb reagierte sie ungewohnt defensiv:

„Ich hab nur gesagt, dass das der einzige mögliche Hebel ist, nicht, dass ich da dafür bin. Aber eins möchte ich schon auch sagen: Die drei Toten haben auch Eltern, die um sie trauern werden."

„Sicher, aber die drei san erwachsen g´wesen, sie san von ihre Familien in Afghanistan weggangen, um in Europa a besseres Leben zu finden und sie ham da wiederholt Frauen belästigt. Vorgestern san´s an die Falsche g´raten. Des is was anderes als a sechsjähriger Bua."

Arnsbach antwortete nicht. Nach einer kurzen Pause setzte Marasek fort:

„Wemma amal an Fall ned lösen, geht die Welt a ned unter. Außerdem glaub i, dass es bei dein Hebel an Denkfehler gibt. Von einer Drohung hat si der Angerer schon gestern ned beeindrucken lassen. Und wenn du wirklich Infos an sei Ex oder gar ans Gericht gibst, dann muss er umso mehr schauen, dass die Verteidigungslinie von ihm und der Geringer ned einbricht. Weil nur wenn die Geringer verurteilt wird, is es letztlich a Problem für ihn. Bei der ganzen Sache immer vorausgesetzt, dass er ihr a falsches Alibi gibt, was alles andere als sicher is."

Wieder kein Kommentar von Arnsbach, was Marasek jetzt schon langsam irritierend fand. Deshalb spielte er ihr den Ball zu: „Glaubst du no immer, dass sie´s war?"

„Ich bin mir nicht sicher. Und was meinst du?"

„I glaub´s ned. Alles, was die zwei erzählt ham, is möglich und plausibel. Mei G´fühl sagt ma, dass die ka Mörderin is."

„Dein Gefühl hat schon oft gestimmt. Vertrauen wir darauf." Damit hatte Arnsbach die Debatte beendet. Die Entscheidung war gefallen.

„Des heißt, wir lassen´s morgen früh frei?!"

„Nein, heute Abend noch. Die Kollegen sollen sie in einer halben Stunde hierher in dein Büro bringen. Bis dahin informier ich den Polizeipräsidenten und du bereitest eine Presseaussendung vor. Dann sagen wir ihr, dass sie gehen kann. Es hat ja keinen Sinn, wenn wir sie unnötig über Nacht hier behalten."

Mit seinem charmanten Lächeln sagte Marasek, „des find i gut, Sophie!" Arnsbach spürte, dass sich das gut anfühlte. Sie war froh, dass er sie weiterhin mochte.

Der Polizeipräsident war nicht begeistert, dass es in diesem brisanten Fall nun keine Verdächtige mehr gab, aber die Argumentation war mehr als schlüssig und Arnsbach hatte sein vollstes Vertrauen. Die Presseaussendung informierte, dass die Verdächtige durch Spurensicherung und Zeugin entlastet sein, überdies ein Alibi habe und deshalb aus der Haft entlassen worden sei. Der Entwurf Maraseks war von Arnsbach abgesegnet worden und würde erst am nächsten Tag in der Früh hinausgehen.

Es war 19 Uhr 50, als eine uniformierte Beamtin und Hoffer die ehemals Verdächtige in Maraseks Büro brachten. Während Marasek Geringer anlächelte, wandte sich Arnsbach in ihrem hochkorrekten Stil an sie:

„Sie haben nicht nur ein Alibi. Wichtiger noch, die Hauptzeugin sagt, dass Sie es nicht waren.

Und auch die Spurensicherung entlastet Sie. Frau Geringer, Sie können gehen. Ich wünsch Ihnen alles Gute. Passen Sie auf sich auf!"

Geringer schaute kurz zu Marasek, dann der LKA-Leiterin direkt in die Augen und schließlich sagte sie in verändertem Ton: „Danke, Frau Arnsbach, das werde ich. Und besser einige als keiner..."

In Arnsbachs Kopf begann es zu rattern. Hatte Geringer nicht am Ende der letzten Vernehmung gesagt, sie könne „sie nicht alle töten". War das nun nach der Entlassung aus der Haft ein diffuses Geständnis? Wollte die Geringer sie erneut herausfordern?

Während sich Geringer bereits anschickte sich zusammenzupacken und aufzubrechen, schoss es aus Arnsbach in scharfem Ton heraus: „Was soll das heißen, Frau Geringer?"

Die schien verwirrt und antwortete dann: „Ah so, ich meine, es ist besser, Sie erwischen einige Mörder als keinen. Und die Arbeit ist ja auch nicht alles im Leben. Ich hab mich zu oft für eine Firma abgerackert und Dank gab´s dafür wenig. Glücklich machen andere Dinge. Ich wünsch Ihnen auch alles Gute... euch beiden."

Beim letzten Halbsatz hatte sie wieder Marasek angesehen. Danach verließ sie mit einem knappen

„Tschüss" den Raum und verschwand. Auch Hoffer und die Beamtin waren wieder gegangen.

Arnsbach ließ sich in Maraseks Schreibtischsessel fallen. „Die macht mich noch fertig, die Geringer!"

„Aber sie hat ned unrecht", grinste Marasek. „Für heut hamma genug g´arbeitet."

„Das stimmt", pflichtete Arnsbach bei und atmete tief durch. „Du Reinhard, kann ich heut mit zu dir kommen?"

„Klar", antwortete Marasek überrascht, „komm, fahr ma!"

Mit einer Leichtigkeit in den Beinen und im Gesicht liefen die beiden die Stiegen runter und hin zu Maraseks Auto. Marasek öffnete Arnsbach galant die Beifahrertür und huschte auf seine Wagenseite. Dann fuhren sie los, Richtung Neuwaldegg, wo ganz in der Nähe der 43er-Endstation Maraseks Zweizimmerwohnung lag.

Auf der gut zehnminütigen Fahrt wurde fast nicht gesprochen. Für beide gab es keinen Zweifel, wie dieser abendliche Besuch weitergehen würde. Marasek blickte von Zeit zu Zeit nach rechts und lächelte Arnsbach an… und Arnsbach lächelte zurück.

Sie beobachtete während der Fahrt Maraseks Hände beim Lenken und Schalten. Es waren kräftige und männliche Hände, sie konnte es nicht erwarten, von diesen Hände gepackt zu werden. Und sie freute sich darauf, Maraseks muskulösen Oberkörper anzufassen. In diesen Minuten im Auto gestand sie sich zum ersten Mal ein, dass ihr Verlobter zwar sehr fesch war, dass sie sein Körper, der keinerlei Spannung hatte, eigentlich abturnte. Sie wollte heute Abend ihr tagtägliches Funktionieren in Job und Gesellschaft abstreifen und sich fallenlassen. Ja, sie würde sich heute Abend diesem charmanten ungehobelten Marasek ausliefern, sich von ihm dominieren lassen. Sie wollte ausprobieren, wie sich das anspürt. Sie würde bei ihm in der Wohnung ins Bad verschwinden, um sich frisch zu machen. Sie würde dort duschen, dann nur mit einem Handtuch bekleidet aus dem Bad kommen und zu ihm sagen, „nimm mich jetzt!" Das war ihr Plan. Sie empfand sich schon jetzt im Auto nicht mehr als seine Vorgesetzte, sondern wie ein verliebtes Mädchen. Es war eine schöne Anspannung und sie spürte immer mehr Erregung in sich aufsteigen.

Auch Marasek fühlte in diesen Minuten in seinem Wagen, dass Arnsbach eine ganz andere war, nicht mehr die coole Vorgesetzte, sondern eine sensible Frau. Diese Veränderung hatte sich aus seiner Sicht schon in den letzten zwei Tagen angebahnt, während dieser speziellen Ermittlung. Marasek wusste ganz genau, dass Arnsbach ihn für einen Proleten hielt, aber er war sich auch sicher, dass ihr Verlobter ein Wappler war. Und er schätzte Arnsbach so ein wie gewisse Manager oder Bankdirektoren, die immer überall das Sagen haben und dann zu einer Domina gehen, um endlich einmal loszulassen. Arnsbach hatte immer die Kontrolle über alles und würde diese Kontrolle gern mal abgeben. Und er, Marasek, würde heute Abend bei dieser sexuellen Begegnung die Kontrolle übernehmen. Er würde sie natürlich nicht brutal, aber doch etwas grob anfassen, er würde über ihr sein und sie symbolisch unterwerfen. Er würde tief und heftig in sie hineinstoßen. Und wenn das auch das war, was sie wollte, dann würde es vielleicht nicht bei dem einen Mal bleiben. Er dachte an ihren Hintern, den er schon immer süß gefunden hatte, und überlegte, wie der wohl nackt aussehen würde. Wenn dieser Abend so verlief, wie er sich das vorstellte, würde er das Geringer und Angerer zu verdanken haben... das war völlig klar. Für diesen Fall würde er Geringer Blumen schicken und dem Lukas im Fanshop das neue Mannschaftstrikot kaufen. Dieses stille Versprechen gab er ab, als er vor seinem Haus zum Einparken ansetzte und dabei nochmal zu Sophie Arnsbach hinüberblickte.

Nachwort:

Mein Dank gilt Reinhard, meinem wichtigsten Vorab-Leser, der mich beraten und mir viele Rückmeldungen gegeben hat, und Karen, die das Cover für dieses Buch gestaltet hat. Vor allem aber danke ich Inga, die mir über Monate nach und nach die Erfahrungen ihres Lebens anvertraut und mir erlaubt hat, sie als Grundlage für diesen literarischen Text zu verwenden.

Die drei Morde im 43er und die Ermittler Arnsbach und Marasek sowie die abgeschnittenen Hoden am Kobenzl sind Fiktion. Die anderen Ereignisse aus Jana Geringers Leben haben aber weitgehend so stattgefunden, wie sie hier beschrieben sind. Verändert wurden freilich Namen und teilweise Wohnorte und Branchen von involvierten Personen.

Zuschriften und Anfragen an:
henrik.iserhart@gmx.at